オコノギくんは人魚です ①

柴村 仁
Jin Shibamura

1話

人魚はプールで泳がない（前編）

萩山奈津《はぎやまなつ》は、六月の席替えでオコノギくんの隣になった。

オコノギくんは人魚である。

——カチッ

席替えの次の日。よく晴れたある午前のこと。

始業のチャイムが鳴ったので、席について授業の準備をしていると、しばらく机の中をゴソゴソやっていた隣のオコノギくんが「しまった」と呻《うめ》いた。

それからナツのほうを向いて「オギヤマさん」

「ハギヤマです」

× 荻山
○ 萩山

「あ、ごめん。ハギヤマさん……えーっと、今の時間、教科書いっしょに見せてくんないかな。教科書忘れたの忘れてた」

オコノギくんの席は窓際なので、隣はナツしかいない。

「いいよ」

「ありがとう」

ガタゴトと机をくっつけて、境界線上に教科書を広げる。

無言。

特に話すこともない。

一番後ろの列だから、後ろの席の子に話しかけるということもできない。

先生が来るのを待つばかりの手持ち無沙汰な時間、オコノギくんはおもむろに、机の横にカラビナで引っ掛けてあるプラスチックボトルを手に取り、ぐびぐび飲み始めた。

オコノギくんに限らず、人魚はいつもミネラルウォーターが入ったボトルを所持しており、ことあるごとにこれをガブ飲みしている。担いで登校してくるリュックサックの中には、二リットルのウォーターパックが（オコノギくんの場合は二つ）入っており、ボトルのほうがカラになればここから補給する。

人魚というのは、人間よりもこまめに、かつ、大量に水分を摂取しなければならないらしい。体から一定量の水分を失うと動けなくなり、ひどいと意識を失い、最悪の場合は命を落とすこともある――ということだけは、のんきな女子高生であるナツも知っていた。だから人魚だけは、授業中でも試験中でも、水分を摂取していいことになっている。

そんなわけでミネラルウォーターを思うさま飲むオコノギくん。

いい飲みっぷりであった。

ナツは思わず見とれた。

他の人魚のことは知らないが、オコノギくんはいつも、放課後までに少なくともウォーターパックひとつをカラにしていた。その気になれば二リットル一気飲みもできるはずである。やらないだけで。

つい訊《き》きたくなった。「水、おいしい?」

オコノギくんはすかさず返した。「空気、おいしい?」

「えっ」

「人魚にとって水を飲むのは呼吸するのと同じようなもんだよ」

「そう、なんだ」

つまんないこと訊いちゃったかな、私はいつでも一言多いんだ、とナツはちょっと反省する。

「まあ――」

オコノギくんはボトルのフタをぎゅっと閉めた。

「水道水とミネラルウォーターのどっちがおいしいかということなら、そりゃあ、ミネラルウォーターのほうがずいぶんマシ」

「へえ」

「日本の軟水は、おいしいよ」

「そっか。空気だって街のよりは山とか森のほうがおいしいもんね」

「うん」

オコノギくんはにっこり笑った。

「水資源が豊富でしかもおいしいから日本は人魚に人気なんだ」

話してみると意外と気さくなひとだった。ナツは嬉しくなった。

ナツもにっこり笑い返したら、先生が教室に入ってきた。

学級委員長の神崎《かんざき》くんが「きりーつ」と号令をかける。

小此木善《おこのぎぜん》くん。

日本人に擬態した人魚。

人魚といっても、見た目はそのへんの男子と変わりない。

磯臭いとか顔が魚っぽいとかいうこともない。普通に十代男子で、普通に制服を着て、普通に二足歩行している。完全に人間へと擬態しているので鰭《ひれ》や鰓《えら》もない（人魚は肺呼吸なので鰓がないのは当然だが、なぜか「ある」と思われがちである）。要するに、外見だけで人間か陸にあがった人魚かを区別するのは難しい。

ナツが通う城兼《しろかね》高校には、オコノギくんを含めて三人の人魚がいる。

城兼町の海岸通りにあるこの高校は、人魚保護協会から青年期人魚受け入れ優良校に指定されているため、人魚が多いのだ。

でも、ナツは、オコノギくん以外の人魚は顔もよく知らない。このあいだ、廊下を歩いているとき、一緒にいた友達が「あっ、今のひと、三組の人魚さんだよ」と言ったので振り返ってみたが、その時点ですっかり遠ざかってしまっていて、後ろ姿さえよくわからなかった。

◆

水の硬度とは、水中に溶けているカルシウムイオンとマグネシウムイオンの量を表す数値で、国によって表し方が異なるが、日本では水一リットル中に炭酸カルシウム一ミリグラム含むものを一度とするもので、すなわちその式は、

{Ca(mg/l) × 2.5} + {Mg(mg/l) × 4.1}

この前、テレビの健康情報番組で言っていた。

ナツは、数学や化学などはかなり苦手なほうで、公式なんか見てるとうんざりしてくるクチであったが、これだけは、なんとなく、覚えてしまった。おいしい水とはなんぞや、という疑問を抱えていたまさにそのとき、タイムリーに与えられた情報だったから、すんなり頭に入ったのだろう。

「オコノギくん。これ、おいしい水だね」

「おいしいよ」

席替えから一週間とちょっと。

違和感もなくなり、席位置や周囲の顔ぶれがしっくりくるようになってきた頃。

先生が来るまで暇なので、オコノギくんに、カラになったウォーターパックのラベ

ルを見せてもらっていた。

ウォーターパックは、ペットボトルなどと違って、中の水を飲み干してしまったらあとは小さく折りたたんでしまえるから、かさばらないし軽いし、便利だそうだ。当のオコノギくんは、新たなウォーターパックから補給したボトルの水をぐびぐび飲んでいる。

ラベルには栄養成分表示があり、pH値や硬度も記されている。オコノギくんが飲んでいるこのミネラルウォーターの硬度は二十四・六度。

「でも、余計なお世話かもしれないけど、毎日これだけミネラルウォーターたくさん飲んでると、ミネラルウォーター代がバカにならないんじゃない?」

オコノギくんは「いや別に」と首をかしげる。「人魚の飲料水に関しては補助金が出るからほとんど痛くも痒《かゆ》くもない」

「そうなんだ」

まあ、たしかに。

人魚は常に水分補給しなければならない生き物なんだから、日本は水資源の豊富な国だし、水くらいは気前よく飲ませてあげてもいいよね。

ナツはぼんやりと納得した。

オコノギくんはボトルをドンと机の上に置いた。

「日本の人魚は日本国民の血税で充実した陸上生活を送ってるんだ」

「ほう」

「ありがとうございます」と律儀に頭を下げる。

「いえ」

ナツはまだ税金を納めたことがないのでお礼を言われる筋合いではない。

それに日本で働いている人魚も日本に税金を納めてるはずである。

お互いさまであろう。

先生が入ってきて、学級委員長の神崎くんが「きりーつ」と号令をかける。

◆

この高校は、生徒全員いずれかの部活動に所属していなければならない。

帰宅部っていうのはナシ。

生徒数が少ないから仕方がない。

ナツは写真部に所属している。

といっても本格的な撮影活動や勉強会などはしていない。月イチの講評会に自分が撮ったものを最低ひとつ提出し、あとは秋の文化祭で作品展示すれば上々。「真面目な写真部員」という位置づけになる。それ以外は、何をやっていようが自由。帰り道で撮影しようが家で撮影しようが休日の出先で撮影しようが、写真雑誌に投稿しようがコンクールに出品しようが、それは各人次第というわけで。

つまり、ゆるい部なのだ。

ほとんど帰宅部みたいなものだ。

だから部員数も多い。そのぶん幽霊部員も多い。

ちゃんとカメラをやろうと思ったら覚えないといけないことはいくらでもあるはずだが、部長さんは「そんなもんは必要になったら覚えればいい。撮りたいと思ったものを楽しく撮るのが一番だ」と力説する。これは「新入部員に一から教えるのは面倒だ」と同義のようにも思えたが、ナツも専門知識を身につけたいわけではないので、細かいことは気にせず、わからないことがあれば、先輩に訊いたり、部室にある教本などをパラ読みしたりする程度で、あとは自己流で好きなように撮っている。

今日は六月の講評会だった。

ナツも最初は、自分が撮ったものをひと前に出すことに、かなり抵抗があった。なにせ恥ずかしかった。ひとに見せるための写真を撮りたくてこの部に入ったわけではないし、その技術を教えてもらっているわけでもないのに、なんでこんなことしなきゃいけないの、聞いてないんですけど……と不満に思っていた。しかし、そこはやはり、ほぼ帰宅部と化しているこのゆるーい部のこと。講評といっても専門用語などは一切飛び出さず、作品をちらっと見て「いいね」「かわいい」「好き」「あんまり好きじゃない」などと言うくらいのものでしかなかった。講評というよりは個人的感想だ。緊張して損した。でも気が楽になった。この部にしてよかったと思った。

というわけで、今日の講評会も一時間足らずで終了。

何度か出席してようやくわかったのだが、この講評会は、形だけのものだ。部費をもらうにはそれなりの活動実績がないといけないから、あまり意味がないのだとしても、律儀に月イチでやらなければならないのだろう。

ナツとしてはそのくらいでちょうどいい。

部活動なんて、必死こいてやるもんじゃない。

部員のほとんどは講評会が終わったらさっさと帰ってしまったが、ナツは残って、開け放った窓から外を見ていた。

写真部が使わせてもらっているのは、三号棟の第一理科室。

四階なので景色はいい。グラウンドがあり、道路を挟んだ向こう側は畑。蒲鉾《かまぼこ》型の白いビニールハウスがいくつか並んで、その向こうには防風林。さらにその向こうに広がるのは、群青色の海だ。

笠井《かさい》さんが、ナツの隣にひょっこり立った。「さっきのアザラシの写真、可愛《かわい》かった」

「ありがとう」

「私あれ好き。あれ海岸のやつ？」

「うん、海岸のやつ」

笠井さんも一年生だ。クラスは違う。ナツと同程度のカメラ初心者で、入部当初、一眼に関する超初歩的レクチャーを共に受けた仲である。

「何見てるの？　プール覗《のぞ》いてるの？」

「うん。覗いてるの」

「ここからだとよく見えるもんね」

「そう、覗き放題」

ナツと笠井さんはくすくす笑った。

とはいえ、プールを囲む背の高いフェンスの内にも外にも、今は誰もいない。広大な長方形の穴に、落ち葉の浮いた苔《こけ》色の水がどんよりと湛《たた》えられているばかり。でも、たぶんもうすぐ、水が抜かれて掃除される。そういう季節だ。日を追うごとに気温が少しずつ上がっている。生徒たちもすっかり夏服の色に塗り替えられた。

ナツは溜め息をついた。「この学校、体育にプールの授業あるんだね」

「そうらしいね」

「イヤだなあ……」

笠井さんは笑った。「私も。学校で水着になるとかありえないよね」

彼女のイヤと私のイヤは意味合いが違う。

でもあえて指摘することもない、とナツは愛想笑いを浮かべる。


ランプが緑色になった。

コンセントから外し、すこん、とバッテリーパックを本体に挿しこむ。

講評会のあいだ、ずっと充電していたのだ。

エネルギー満タンになったごついデジタル一眼を首からさげ、ナツは外へ出た。午前中は雨が降っていたが、今はよく晴れている。雨で洗い流されたおかげで空気が澄んでいて、気温も高からず低からずで過ごしやすかったから、なんとなく、撮影したい気分になった。

我が物顔で持ち歩いているが、これはナツ所有のカメラではない。メモリーカードとカメラストラップだけ自費で購入して、カメラ本体やレンズは部の備品を貸してもらっている。カメラは物にもよるがかなり高額なので、そう気軽に購入できない。

思いつくまま、とにかくいろいろ撮ってみる。

プランターに寄せ植えされた花々とか。

雨露にしっとり濡れる銅像とか。

逆光のおかげでドラマチックなシルエットを見せる木々とか。

同じ被写体を、アングルを変え絞りを変えホワイトバランスを変え、何枚も撮ってみる。まだまだ手さぐりだ。しょっちゅう手ぶれするし、おかしなところにピントが合ったりもする。それでも、最近ようやく、思い通りの写真が撮れる確率が上がってきた。ような気がする。

人間はあまり撮らない。許可を取るのが面倒なので。

体育館の裏に、ふらりと回る。何もない場所なので、ひと気もない。低木が密に植わっており、風通しもよくはないので、雨のにおいがやけに濃く残っていた。

あたたかな西日が当たってそこだけからりと乾いている犬走りに、猫を一匹、発見した。明るいグリーンの目。白地で、背一面がほんのり狐色。じっと香箱座りしているその後ろ姿は、購買で売っている大きなコッペパンみたいだった。首輪もないのでたぶん野良だろうが、綺麗な猫だ。まだ若いのだろう。

いい姿をしている。

撮らせてもらおう。そう思い、

「ちょっちょっちょっちょ」

舌を鳴らして気を引きながら、コンクリートの地面に膝をつき、肘もつけんばかりに身を屈《かが》めた。

「ちょっちょっちょっちょ」

レンズを向けつつ、ダイアルを回す。綺麗な猫だから毛並みや虹彩《こうさい》をはっきりさせたいが、背景は陽光を感じさせるようにぼかしたい。慎重にピントを合わせる。しかし、このコッペパン、逃げだしこそしなかったものの、「うぜー」と言いたげな半眼になってしまった。

あまりいい表情ではない。

これはなんとかして警戒心を解かねばなるまい。

「うにゃーんうにゃーん」

文字通りの猫撫で声を出してみた。コッペパンの目に「？」が浮かぶ。ベストとは言いがたいがベター。さっきよりはいい表情だ。もらった。わきをしめ、シャッターボタンに指をかけた。そのとき、場に影が差した。第三者が近づいてきたのだ。驚いたコッペパンがさっと立ちあがり、物陰に駆けこんでしまう。

ああ、せっかくのモデルが。

おのれ。誰だ。怒りをこめて振り返る。

ナツから数歩離れたところに、オコノギくんが立っていた。学校指定のあずき色ジャージを着て、滑り止め付の軍手をはめ、バケツを手にさげて、ナツをじっと見ていた。「面白い」

「へ」

「猫が好きなんだね」

「そ、そういうわけでは」

ナツは、自分が地べたを舐《な》めんばかりの体勢であることを思い出し、慌てて立ちあがった。

「そういうわけではないんだけど。あ、いや、どっちかっていうと好きなんだけど。

あのでもこれは猫が好きだからじゃなくて。あの、部活で」

「部活？」

「写真部だから」

カメラを、目の高さに持ち上げてみせる。

「なるほど。写真部だから猫も写真」真摯《しんし》な表情で頷く。「納得できた」

そういうオコノギくんは何してたの、と訊こうとしたら、離れた場所から「オコノギー」と呼ぶ男子の声。オコノギくんは「はい」と返事し、声のほうに向かって歩きだした。

「またねオギヤマさん」

雨粒を受けて瑞々《みずみず》しく光る低木のあいだにサクサクと分け入っていくオコノギくん。その後ろ姿は、妙に趣《おもむき》があった。あずき色ジャージなのに。バケツ持ってるのに。ナツは、目の高さにあったカメラをそのまま構え、わきをしめて、シャッターに指をかけた。いま目の前にあるこの光景は、画像として留《とど》めておくべき瞬間のような気がしたのだ。

でも、やめておいた。

隠し撮りはよろしくない。

「……またね」

ハギヤマです。と言い損ねた。


「ハギヤマさん？」

一時間目。体育館に向かう途中、渡り廊下で声をかけられた。

ナツを呼び止めたのは、背の高い女子。すらりと長い手足とはつらつとした声が、いかにも運動部所属という雰囲気だ。上履きの色からすると一年生だが、同じクラスの子でも同じ部の子でもないから、声をかけられた理由がわからない。でも、なんとなく、見覚えがあるような——

「やっぱり。港《みなと》中の萩山さんだよね？」

「はあ」

「私、東《ひがし》中の宮下《みやした》。覚えてない？」

覚えてる。

名前を聞いて思い出した。そうだ。東中の宮下さん。

中学の三年間で、何度も顔を合わせている。

……彼女もこの高校に来てたのか。

相手もほとんど同じようなことを思ったらしい。

「萩山さん、この高校に来てたんだ、びっくり……」

彼女の目には、疑問と好奇心が、ありありと浮かんでいる。目は口ほどに物を言うというのはこういうことか。

彼女がナツに何を言いたいのか、何を訊きたいのか、なんとなくわかってしまうから、ナツは「はは」と曖昧《あいまい》に笑うしかない。

「萩山さん何組なの？　私は五組なんだけど」

「あ、一組……」

「そっか。端と端だね。会わないはずだ。ていうかさ、萩山さん……なんか感じ変わったね。髪伸びたからかな。最初萩山さんだってわからなかったよ」

そう。ナツはずいぶん髪を伸ばした。今はようやく肩に届くくらいだが、これでナツ史上最長だったりする。中学のときは、いつも、ベリーショートと言ってもいいくらい短くしていた。女らしい体つきでもなかったので、ジャージを着て歩いていたら、男子と間違えられたほどだった。

次の授業が体育なので、ナツは今、体操服を着て、髪をきっちり結んでいる。宮下さんが知っている「昔のナツ」と雰囲気が近くなったから、ナツが「港中の萩山」だとわかったのだろう。

心臓がいやな感じでドキドキ鳴りだした。

「あの……ごめん、いま急いでるんだ。またね」

そう言って、宮下さんの顔をろくに見ることもせず、ナツはその場から駆け去った。

たしかに体育館への移動途中ではあるが、時間にはまだ余裕があるし、急ぐほどの用事もない。

ただ、もう、あの場にはいたくなかった。

体育で運動する前なのに、冷たい汗をかいている。

クラスメイトと合流して体育館に入りながら、動揺する心臓を宥《なだ》めるように、ナツは心の中で自分に言い聞かせた。

――こんなこともある。

それでもすっきりとは晴れない気持ちで体育館の窓を見上げる。今日の空はどんより厚い雲に覆われていて、朝なのに暗い。ナツは手に持っていたあずき色のジャージを羽織った。Tシャツだけでは鳥肌が立つほど、湿気がやけにひんやりしていて、もうすぐ夏が来るなんて嘘みたいだ。

今にも泣きだしそうなのに泣きださない曇り空のまま、五時間目。

自習だった。

一応、自習プリントが配られたが、やはり先生がいないと静かにはしていられないもので、教室内はなんだかがやがやしている。内職しているひとも、机に突っ伏して寝ているひともいる。ナツはいたって真面目にプリントに取り組んでいた。高校の数学は難しい。でもやらなければわからないままだし、落ちこぼれになるのはいやだし、数学は嫌いだが、とりあえず頑張る。しかし三問目にして早くも挫《くじ》けそうである。なんだよサインコサインタンジェントって。呪文か。なんかもう眠くなっちゃうな。そんなナツの目と鼻の先を、帯状の何かがふわりとかすめた。一瞬、煙かと思った。でも違う。実体がある――バチッと目が覚めた。おそるおそる、親指と人差し指で摘《つ》まんでみた。ティッシュペーパーのように柔らかく、とんぼの翅《はね》のように透けていて、蛍光灯のあかりでキラキラと虹色の光沢を浮かびあがらせている。夢のように綺麗だった。綺麗だけど、なんだろう、これ？　どこから流れてきたのだろう？　目で追うと、オコノギくんのシャツに行き着いた。シャツの背中側の裾《すそ》から、長々と垂れている。風通しをよくするために半分ほど開けられた窓から吹きこんでくる、風とも呼べないくらいのわずかな空気の流れにのって、ナツの目の前まで浮いたのだ。

「オコノギくん」

「うん」

「これ何？」

自習プリントに真摯な態度で臨んでいたオコノギくんは顔を上げ、ナツが摘まんでいるものを見て目を見開き、動転したような、しかし極力押し殺した声で「うお」と呻いた。ひらひらを摑《つか》み、一気にたぐりよせる。そしてシャツの中に押しこんで、さらにシャツの裾をズボンに押しこんだ。なかなかの早業だった。

「ごめん、失礼しました」

「いや別にいいんだけど。というかそれ何？」

オコノギくんは「うーん」と口ごもった。

この躊躇《ためら》いよう。もしや……デリケートなものだったのかな？　触ったらまずかった？　謝ったほうがいいだろうか？

オコノギくんはもじもじ俯くと、消え入るような声で「ひれ」と言った。

「鰭？」

オコノギくんは慌てて鼻の前に人差し指を立てシッと細く息を吐いた。

「ごめん」

ナツはそっと周囲を見回した。

幸い、誰もナツたちのほうを気にしてはいないようだった。

ナツはオコノギくんのほうに少し身を乗り出し、小声で尋ねた。

「鰭って、背鰭とか尾鰭とか？」

オコノギくんは苦笑いを浮かべた。「今のは背鰭。尾鰭はさすがに出ないなー」

出る出ないの違いがちょっとよくわからないのだが。

まあそういうものなのだろう。

「鰭が出るとか、あまり褒められたことではないので、ここだけの話にしておいてもらえると助かるんだけど」

「わかった。誰にも言わないよ」

「ありがとう」

そう言ってオコノギくんはプリントに向き直った。ナツもプリントに目を落とすが、もはや三角関数のことはまったく頭にない。

鰭。

人体にはないパーツ。

そんなものが普通にあるだなんて。

人間と同じ姿をして人間と同じように振る舞うからつい忘れてしまうが、オコノギくんは、たしかに、本当に、人魚なのだ。制限するもののない広大な海を自在に泳ぎ回る、渇きを知らない自由な生き物……

そのとき、ざあっと水の音が満ちた。

ついに雨が降りだしたのだ。

「おっと」

窓際のオコノギくんは立ちあがり、窓を閉めた。

今は制服を着ているのでわからないけど、あの背には鰭がある。

どんなふうについているのだろう。

その鰭を使ってどんなふうに泳ぐのだろう。

こもった雨の音がしんしんと滲《し》みわたる中、ナツは一瞬だけ触れた人魚の鰭の感触とその光沢をぼんやり思い出しては溜め息をつく。

その晩ナツは夢を見た。

ナツは、ぶよぶよしたビニールハウスのようなものに閉じこめられていた。

狭くはないが、歩きにくい。

出入口らしきものは、一ヶ所。端に、丸い穴があるだけ。今はしっかり閉じられていて、内側からは開きそうにない。

他には隙間もない。

ビニールハウス全体が、不規則に揺れていて——ナツの三半規管がおかしいのでなければ、どうやら、下へ下へと沈んでいるようだ。そのことに気づき、ぞっとしながら壁を透かし見る。ビニールの外は、水中だった。海か湖かはわからないが、上下左右、暗い色の水があるばかり。水面も水底も見えない。ナツはビニールに閉じこめられて、奈落《ならく》に沈んでいこうとしている。理由もわからないままに。

どうしよう……

思わずその場にへたりこんだ。

半泣きになっていたら、ビニールの外を白っぽい何かがさっと通り過ぎた。ナツは顔を上げ、もう一度壁に張り付いた。

ビニールの周囲を、何かが泳いでいる。

アザラシ？

いや、違う。

オコノギくんだ。

さすが人魚。見事な泳ぎだ。水の抵抗なんかないみたいに、スムーズで速い。

制服を着て上靴を履いているのに……

(実際には、水中では人魚形態で泳ぐはずだが、ナツはオコノギくんが制服を着て二足歩行しているところしか見たことがないので、想像力の乏しいナツの夢の中では、オコノギくんも人間形態で泳ぐしかないのだ)

オコノギくんは、ナツと目が合うと、透明な外壁に手をぺったりつけて体を固定し、こちらを覗きこんできた。ナツは、自分が、水槽の中の観賞魚になったような気がした。泳いでいるのはあっちなのでちぐはぐなたとえだけども。

オコノギくんは、にこりと笑った。水中にいるせいで彩度を失った顔は紙のように白い。

——やあオギヤマさん。

水中なのに、鮮明な音声が伝わってきた。

しかし特に不思議とも思わずナツは冷静に「ハギヤマです」と返した。

——あ、ごめん。ハギヤマさん。なんでそんなところにいるの。

「わからないの」

——このままでは沈んでしまうよ。

「それはいやだな」

——そこから出て、泳げばいいのに。どうして泳がないの。

「そんな。私は人間だもの。人魚じゃないもの」

——人魚じゃなくても泳げるでしょ。

「それでも泳げないよ」

——やってみなくちゃわからない。

「ううん……私は、泳げないの」

——ふーん。

「それに、ここからどうやって出ればいいの」

オコノギくんは小首をかしげ、外壁を軽く小突いた。

その音で気づいた。

これは、単なるビニールハウスじゃない。

ウォーターパックだ。オコノギくんがいつも持ち歩いているアレ。

ナツは巨大なウォーターパックの中に閉じこめられている。

——こんなのは、出ようと思えばいつでも出られるよ。

「そんなことないよ。難しいよ」

——そもそも出ようと思ってないんじゃない？

「え」

——出る気がないんなら、しょうがない。残念だけど。

「えっ……ちょっと待って」

ナツにはもう目もくれず、オコノギくんはすうっと離れていった。

水面から射しこむ光が、幾重にも巡らされたレースのカーテンのように揺れている中、鰭もないのに魚のようにすいすいと泳ぎ回るその姿は、とても綺麗で、とても気持ちよさそうで、

ナツは沈んでいるっていうのに、

自分だけそんな、

それってなんだかとても、

「ずるい！」

と手を伸ばしたところで目が覚めた。

次の日からナツはオコノギくんを目で追うようになった。

といっても席が隣なので、何もしていなくても視界に入ってくる。

オコノギくんは――

いつも微笑《ほほえ》んでいるような柔らかい表情をしているが、だからといって常時機嫌がいいわけではない。もともとこういう顔なのだ。男子とバカ話をしているときも、数学の難問を解いているときも、窓の外をぼんやり眺めているときも、ミネラルウォーターをグビグビ飲んでいるときも、この顔だ。

オコノギくんは――

ひとあたりがいい。

クラスの中でも、そつなく、うまくやっている。

人魚は、海の中では十頭から多いところでは百頭ほどの群れを形成して生活する生き物なので、集団生活は慣れたものなのだそうだ。

オコノギくんは――

肌が綺麗だ。

紫外線や添加物などなど肌によくないものにあまり晒《さら》されていないせいだろう。

女子の肌の綺麗さとは違う。もっと硬質な感じ。お茶碗の内側みたいにつるんとしていて、触れたら、ひんやり冷たいに違いない。

オコノギくんは——

よく、何もないところで躓《つまず》く。

転ぶことも少なくない。

普通に歩いていれば普通によけられるはずの壁や柱にぶつかることも、しばしばである。

「二足歩行になってまだ日が浅いから、思うように足が動かせないらしい」
と丸山《まるやま》さんはお弁当のフタを開けながら言った。
ある日の昼休み。
ナツは、仲のよいクラスメイトの女子・丸山さんと、いつものように、教室で机を
囲んで昼ごはんを食べていた。
ナツの本日のメニューは、六枚切りの食パン一袋である。
食パンをもこもこ頰張《ほおば》りながら、ナツは小首をかしげた。「そうなの？」
食堂に向かうべくクラスの男子数名と共に教室を出ていこうとしたオコノギくんが
ドアに正面衝突し、その音で、教室にいた者たち全員がビクッと飛びあがったのは、
ついさっきのことである。
丸山さんは頷いた。「もともと二足歩行してた生き物じゃないから海の中とは勝手

が違うらしい」

ナツは食パン二枚目を取り出した。「ただ漫然と陸上生活を満喫してるってわけではないんだね」

「歩いたり走ったりっていう基本的な動きは難なくできるらしいけど、それも経験則っていうよりか知識として覚えてるから、今までやったことのない動きを咄嗟《とっさ》にはできないらしい。だから壁とかよけきれないときがあるらしい」

ナツは「へえー」と頷きながら食パンを半分に引き裂く。

「でもさ」と丸山さんはお弁当箱の中のたまご焼きを串刺《くしざ》しにした。「人間だってそうだよね。泳いだことのない人間にいきなり泳げって言っても、たいていはムリじゃん？」

「まあ、そう、ね」

「陸にあがった人魚って、学校に入る前に、専用の研修施設でしばらく現地の言葉や生活習慣を覚えるらしい。そこで大体のことは覚えるらしい」

「ていうかマルちゃんよく知ってるね」

「町民だよりに書いてあった」

そうか、町民だよりもちゃんと読まないとな、とナツは食パンを噛み締める。

「人間は当たり前のようにこなしてるけど、直立二足歩行って、すごく難易度の高いことらしい。ちょっとの訓練であっさり二足歩行を習得できるっていうのは、やっぱり、すごいことなんだろうね」

「そうだねえ」

みんなそれなりに人魚のことを知っている。

でも、あの鰭のことは、きっと誰も知らない――

ナツはちょっとした優越感を覚えた。

放課後。

部活も今日はないので、さっさと家に帰ろうと校門に向かって歩いていたナツを、全速力で追いかけてくる者があった。

「萩山さーん！」

宮下さんだった。

東中出身で、中学時代のナツを知る五組の女子。

あずき色ジャージでないジャージを着ていた。

部活専用のジャージだろう。

ナツはギクリと足を止めた。「な、なんでしょう」

なんとなく敬語になってしまう。

「あのさ……ふう、この前、訊こうと思って、訊き損ねちゃったんだけど」

弾んだ呼吸を整えつつ、宮下さんは少し躊躇いを見せたが、やがて意を決したように言った。

「萩山さん、どうして水泳部に入ってないの？」

やはりその質問か。

ナツは口を引き結んだ。

「萩山さんは高校に入っても水泳続けると思ってたのに……私、はっきり言って――」

宮下さんは顔をあげ、ナツを強く見据えた。

「あなたを目標にしてきたのに」

「……」

「そんなやつ、いっぱいいるんだよ、わかってる？　それなのに……肝心のあなたが、水泳をやめてしまうなんて……なぜなの？」

「……それは」

「三年前、停滞気味だった県内中学水泳界に彗星《すいせい》のごとく現れ、県内記録を次々と塗り替えていき、周辺中学水泳部からは畏怖《いふ》と憧憬《しょうけい》の眼差《まなざ》しを向けられていた、あなたが——」

宮下さんはどんどんエキサイトしていった。

こぶしを強く固め、頬を紅潮させ、目をギラギラさせ。

彼女の体内温度が上昇していくのが目に見えるかのようだった。

「人間離れした強靱《きょうじん》な心肺機能、精確かつ華麗なフォーム、そしてその比肩《ひけん》するもののないスピードから〈人類の姿をしたカジキマグロ〉〈水面ラッセル車〉、あるいは〈港中の人魚〉と呼ばれていた、あなたが！」

「そんなの東中のひとが勝手に言ってただけでしょ」

カジキマグロとかラッセル車とか言われて嬉しいわけでもないし。

ナツはちょっとむくれた。

しかし宮下さんは意に介さず。「それだけじゃない。圧倒的な実力差を前にして絶望した若いスイマーたちが次々と水泳をやめていったことから〈スイミングスクールキラー〉と呼ばれ、水泳関係者に経済面からも恐れられた、あなたが！」

「……」言いすぎだし、濡《ぬ》れ衣《ぎぬ》である。

「ねえ、教えて。でないと納得できない。どうして高校で水泳をやめてしまったの？」

「……」

「ただの気まぐれ？　あなたにとっての水泳ってその程度のものだった？」

　これにはナツも強く返した。「違う」

「じゃあ、」

「……私、」ナツはひとつ息を吐いた。「私……もう、泳げないの」

「え？」

「病気、で」


　実のところ、本当に病気かどうかはわからない。

　いろいろな病院を回ってみたけれど、原因もわからなければ、療法も、病名すらもわからないのだ。いまだに。

　しかし「病気だから」とか「体を悪くして」とか言っておいたほうが話の通りがいいので、誰かに説明するときは、そう言うようにしている。

　その〈症状〉が出たのは、中学三年の夏のことだった。

　中学最後の大会が終わってすぐのこと。

本当になんの前触れもなく、突然そうなった。

この、たったひとつの躓きのために、ナツは、それまで心血を注いでいた水泳をバッサリやめなければならなくなった——


宮下さんは、先ほどまでのヒートっぷりが嘘のように黙りこんだ。

視線を落とした彼女の所感は、ごく短く、そしてありふれたものだった。

「なら……しょうがないね」

ナツのほうも、彼女にこれ以上何か言ってほしいとは思わなかったし、また、何かを言おうとも思わなかった。

ただ、高校に入学したばかりのときのことを思い出していた。

この高校の水泳部の部長とマネージャーは、中学時代のナツの栄光を知っていたらしい。ある日、ふたり揃《そろ》ってナツを待ち伏せし、「水泳部に入ってくれないか」と直《じか》談判《だんぱん》しに来た。まさか、あの「港中の萩山」が、さほど水泳部の強くないこの城兼高校に来ているとは思わなかったのだろう。彼らの鼻息は荒かった。

このときも、ナツは事情を話し、断った。するとこの部長とマネージャーは、今の宮下さんと同じような表情をした。

そういうことなら……という「諦め」。

なーんだ、という「落胆」。

可哀想だな、という「哀れみ」。

それらがごちゃまぜになった複雑な気持ちの後ろに垣間見えるのは——強力なライバルがひとり消えたことへの「安堵」？——

彼らは、以来、一度もナツの前には現れていない。

「話しにくいこと話してくれてありがとう。じゃあね」

あっさりしたものだ。

宮下さんは、追いかけてきたときと同じように駆け足で、あっという間に離れていった。このまま、何事もなかったかのように、水泳部のトレーニングに合流するのだろう。ナツのことは諦め、やがて忘れて、この先、引退するまでの二年と数ヶ月、高校水泳部の活動に没頭し、自分の記録に挑戦し、部内あるいは他校のライバルと切磋《せっさ》琢磨《たくま》し、成長していくのだろう。

ナツにはもうかかわりのない世界で。

ナツも、きびすを返し、校門に向かって歩きだした。

防風林を抜け、海岸に出た。

学校からも望めるあの海岸だ。

砂が入るのでローファーと靴下を脱ぎ、波打ち際まで裸足でサクサク進む。

ナツは、一頭のアザラシの隣に腰を下ろした。

この海岸にはアザラシがよくやってくる。

今も、夕焼け色に染まる砂浜のあちらこちらに、巨大なアザラシがダラダラと寝そべっている。人間が近づいてもほとんど気にすることなく、ひなたぼっこあるいは昼寝をしている。ときどき、まんまるな目をパッチリ開けて、ぐわーっと豪快なあくびをする。またあるときは、頭と尻尾を高く持ち上げて地味に海老反りしてみたり、無意味にゴロゴロ転がってみたりする。

波の音とアザラシの鼾《いびき》を聞きながら、ナツは物思いにふける。

先ほどの宮下さんとの会話を、さらには、親やコーチや医師と当時交わした会話を、元チームメイトだった子たちとのやりとりを、ぼんやり思い出す。

病気なら、しょうがないね。

みんなそう言う。

うん。

そうだよね。

病気ならしょうがない。

わかってる。

しょうがない。

病気なら、

「しょうがなくね――よッ！」

ナツは水平線に向かって吠《ほ》えた。

喉の奥がビリビリと痛くなるほどの大声だった。

しかし隣のアザラシはまったく気にせずブウブウ眠っている。

「かんたんに言《ゆ》――なッ！」


羨ましい。水泳できるひとたちが。

恨めしい。水泳できるひとたちが。

だって、水泳を嫌いになったわけじゃないのに。それなのにどうして私だけが水泳を諦めないといけなかったの？

ナツだってホントは、もう一度、泳ぎたいのだ。

スタート台に立ったときの、全身をピリピリと駆け巡る緊張感。ゴールが近づいてくるあの高揚。誰よりも早くゴールしたときの、何ものにも代えがたい喜び……

全部ぜんぶ、大好きだった。

だからこそ、症状が出るまでの数年間、ずっとずっと、脇目もふらずに水泳に没頭してきた。生活のすべてを捧げたと言っても大袈裟ではない。食事内容も睡眠時間も細かく管理した。周りの女子が続々と色気づいていく中、見た目よりも効率のよさを重視して髪を短く切り、いつもジャージの着たきり雀《すずめ》で、休日に友達と遊びにも行かず、ただひたすら水泳に打ちこんだ。それでいいと思っていたし、実際、不満もなかった。

それは強固な価値観で、不変のものだと思っていた。

しかし、そんなものでも、崩れ去るのは一瞬だった。

たったひとつの〈症状〉で、それまで水泳に費やしてきた時間、労力、情熱……すべてが無駄になったのだ。実に呆気《あっけ》なく。ナツの気持ちだけを置き去りにして。

ナツは自嘲する。

……ホント、部活動なんて、必死こいてやるもんじゃない。

不可抗力でそれを失ったとしても、手元には何も残らないんだもの。

だから、もう二度と、部活動に打ちこんだりなんかしない……

くそッ。

「うおおおおおおッ！」

「人間も遠吠えするんだね」

いきなり背後から声をかけられた。

ナツは驚いて振り返った。「えっ？」後先を考えず胴間声《どうまごえ》をあげていたので、声が嗄《か》れていた。

少し離れたところに、いつの間に来ていたものか、オコノギくんが立っていた。

ほとんどカラになったプラスチックボトルを右手にぶらさげ、左手には通学用の靴をぶらさげ、足にはビーチサンダルを履いていた。

制服を着ているし、リュックサックを背負っているから、下校途中であることは間違いないのだが……

（オコノギくんは、大量の水を持ち歩かなければならないので、通学には大きめのリュックサックを使用している。登校時はかなり重いが、帰宅時は水をほとんど飲み干してしまっているので、軽いらしい）

オコノギくんは、好奇心にきらめく瞳《ひとみ》で、無邪気に質問した。「それは何かと交信してるのかな」

「……いいえ、決して、そういう、わけでは」と返事をしつつ、ナツはもういたたまれなくて恥ずかしくて、じわじわと顔を伏せた。今にも全身から力が抜けて、その場に突っ伏してしまいそうだった。

誰にも見られたくないところを見られてしまった。

よりにもよってオコノギくんに。

誰もいない海岸で、寝ているアザラシの隣で三角座りして、女子ひとりで、裸足で、海に向かってバカヤローしているところを。

青春の体現者だと思われただろうか？

そういえば、オコノギくんには、猫に向かってニャーニャー言ってるところも目撃されている……どうしていつも、こんな痴態ばかり見られてしまうのだろう？　きっと、ヘンな女と思われているに違いない……

顔がカーッと熱くなっていく。

そしてオコノギくんは空気が読めないひとではなかった。「あ、もしかして、あんまり他人に見られたくなかった？」

その気遣《きづか》いがむしろ痛い。

頷くことさえできず、ナツは無言で俯くばかり。

「そうか、ごめんごめん。でも、大丈夫。このことは誰にも言わないよ」

力強くそう言い、オコノギくんはナツの隣に屈んだ。

いつものあの柔らかい表情をもっと穏やかにして、ぽっこり微笑む。

「これでおあいこだ」

「え」

「俺もオギヤマさんには鰭を見られてるから」

「ひれ？　……ああ、鰭」

「お互い、弱みを見られたってことで」

オコノギくんの鰭は、夢のように綺麗だった。

あんな綺麗なものを弱みと考える必要はないのに――とナツは思ったが、しかし今この場では、「オコノギくんとナツはイーブンである」という状態がとりあえず大事なので、言わないでおく。

「……うん」ナツはようやく表情を綻《ほころ》ばせた。「ちなみに私はハギヤマです」

「あっ？」とオコノギくんは目を丸くし、それから「あー」と頭を掻《か》いた。「俺この前も間違えたね？」

「うん」

夢の中でも間違えられたので、ナツ的にはこれで四回目だ。

オコノギくんは口を尖《とが》らせた。「ごめん、でも、だってなんか似てるし」

「似てる？　何が？」

「オギヤマとオコノギって。似てない？」

「……に……て」

ない。

と思うのだが。

「だからつい間違えちゃうんだな」

オコノギくんはなんだか妙に納得したようでウンウンと頷いている。

ならばそういうことにしておこう。

ナツは気を取り直して訊いた。「オコノギくんは、どうしてここに？」

「帰り道。ホームステイ先がこの近くなんだ」と、オコノギくんは防風林の一角を指差す。

「そうなんだ」

では、彼にとって、砂浜を歩くことは日常茶飯事なのだ。だからビーサンを常備しているのだろう――

そのとき、ナツの隣で寝息を立てていたアザラシが、パチッと目を覚まし、身を起こした（ナツは背を向けていたのでこれに気づかなかったのだが）。

カチッ

オコノギくんが素早く立ちあがった――と思ったら、ナツはオコノギくんに腕を掴まれ、強く引っ張られた。ほんの一、二歩のことではあるが、ナツは三角座りのままで砂浜を引きずられる格好となった。あまりに突然のことだったので、ナツは何が起こったのか咄嗟に把握できず、されるがままだった。

次の瞬間、引きずられて移動したナツと入れ替わりになるように、アザラシがその大きな体に似合わぬ機敏さで方向転換した。ナツが一瞬先まで座りこんでいたちょうどその場所が、アザラシのボテ腹の下に消えた。

ナツは息を呑んだ。

あのまま、あの場所にぼんやり座りこんでいたら、ナツはアザラシの巨体に轢《ひ》かれていた――

ナツは、アザラシとオコノギくんを忙《せわ》しなく見比べた。

もしかして……

助けられた？　オコノギくんに。

いまだにきょとんとしつつも、とりあえずお礼は言う。「あ、ありが、とう？」

オコノギくんはいつもの調子でニコリと笑った。

一方のアザラシはといえば、ちっぽけな人間のことなど見向きもせず、マイペースに身をくねらせて、ザブザブと海へエントリー。灰褐色の丸い頭は、すぐさま波頭に紛《まぎ》れて見えなくなった。

ナツの腕を掴んだことによって取り落としてしまったボトルを拾いながら、オコノギくんは何事もなかったかのように訊いた。「アザラシ、好き？」

「……え？　うん、まあ」

「俺も好き。なんか親近感が湧くんだよね」

「しんきんかん？」

「海にいた頃はそんなふうには思わなかったんだけど――」と、何かを思いついたらしいオコノギくんは、どことなく悪戯《いたずら》めいた表情で、自分の胸を指してみせた。「俺って体重何キロに見える？」

「え？」

突然の質問に戸惑いつつ、ナツは改めてオコノギくんを眺めた。

身長は、百七十センチくらい。

太ってはいないが痩せてもいない。

「うーん……六十キロくらいかな」

オコノギくんはかぶりを振った。「もっと多い」

「え、じゃあ、六十五くらい？」

「ううん。もっと」

「……七十？」

「百八十五キロ」

「えっ」

オコノギくんは、してやったりと言わんばかりにニマニマした。

きっと、この話を聞かされた人間はみんな、ナツと同じようなリアクションをするのだろう。

「姿は変わったけど、何かを削ったり落としたりしたわけじゃない。日本人サイズに圧縮しただけ。だから大量のカロリーを摂取して、大量の水分を摂取しないと、体がもたない」

右手に持ったボトルを、ぷらっと揺らしてみせる。

わずかに残ったミネラルウォーターがたぷんと鳴った。

「これでもかなり減ったんだけどね、体重。水の中ってすぐ熱が奪われるから、たくさん脂肪つけなきゃいけないんだけど、人間と同じ生活をする場合はそこまでする必要ないんで、そのぶん減ってる。俺の場合は、えーと、もう三十五キロくらい落ちたかな。今も落ち続けてるんだけど」

ナツは心底感心して溜め息をついた。「へえー」

「だから海に帰るときにはまたたくさん脂肪をつけなきゃいけない」

「そうなんだ……陸にあがるのって、やっぱり簡単にはいかないんだね」

「そりゃあね」

「大変なんだ」

「うん。でも苦じゃないよ」

「どうして？」

「やりたいことがあるから」

「やりたいこと？」

「うん。そもそも明確な目標がないと陸にあがらせてはもらえない」

その「やりたいこと」って、何？

と訊こうとしたとき。

砂浜の入口に立っている防災無線がビビビと震えて、ベルっぽい音で夕方五時を報《しら》せる音楽を奏で始めた。

すると「へあっ」とオコノギくんは飛びあがった。「しまった。もうこんな時間か。早く帰らないと――じゃあ、また明日、ハギヤマさん」

言い終わらないうちに、そわそわと小走りし始めている。

ナツは苦笑しながら、その背中に「またね」と手を振った。

訊きたいことを、訊き損ねてしまったが……

とりあえず、名前は覚えてもらえたようなので、よしとする。

——カチッ

ところで、この「カチッ」って音は、なんなの？

2話

人魚はプールで泳がない（後編）

ぜひ話をしてみたい男子がいる。

同じクラスの飯塚《いいづか》エリオット諒《りょう》。

名前からもわかるが彼はハーフだ。

外見もあきらかにハーフだった。ふわんくりんした飴色の髪に、そのへんの女子よりも（もちろんナツよりも）白い肌。派手な容姿なので、外見だけならそれこそ人魚のオコノギくんよりも目立つ……とくれば、女子たちからちやほやされそうなもんだが、彼が黄色い声でもてはやされることはない。

少々特異な人柄であるゆえに。

それでもナツは意を決し、ついに彼のそばに立った。

「飯塚くん」

昼休みも終わり頃。学校中さがし回ってようやく発見した。

ぴゅうぴゅうと風が吹きつける三号棟外付けの非常階段。四階へ向かう踊り場にどっかり座りこむ飯塚エリオットは、片手でパックのコーヒー牛乳を飲みながら、もう一方の手で双眼鏡を支えていた。いかにも高性能っぽい、ごつい双眼鏡だ。周囲にはノートや筆記用具が無造作に散らばっている。

それら文房具に混じって、携帯用の簡易香炉がひとつ。渦巻状の線香が焚《た》かれており、白い煙が細く立ち昇って、周囲には独特のにおいが満ちていた。

飯塚エリオットはわずかに双眼鏡を浮かせ、ものすごーく迷惑そうな横目でナツを見た。

「誰だ」

彼の日本語はかなり流暢《りゅうちょう》だ。英語圏で長く暮らしていたひとだが、幼少期は日本だったそうで、外国人っぽい訛《なま》りはない。古文の授業で先生にあてられたときなんかでもさらさらと音読するから、漢字も問題なく読めるようだ。

「誰って。萩山《はぎやま》だよ。萩山奈津《なつ》。同じクラスの」

「知らん」と言うなり双眼鏡を構え直す。

双眼鏡のレンズが向けられているのは、中庭のベンチ。これに腰掛けているのは、クラスメイトの男子数名と共に花札に熱中するオコノギくんである（花札は、今、一組男子のあいだで大ブームなのだ）。

「あのねー、もう六月だよ」

まあ私もいまだに一部の男子の顔と名前が一致しなかったりするんだけど。

にしてもずいぶんな態度じゃありませんか。

飯塚エリオットは双眼鏡から目を離さないまま淡々と言った。

「日本の女子高生ってみんな同じに見えるんだよな。同じ制服なのはともかく、同じメイクに同じ髪型ってどうなの。おまけに言うこと為《な》すことまで判で押したように同じだろ。見ててもつまらないから個体識別する気になれないんだよ」

ダメだこいつ。

ナツは彼にナツを認識させることを早々に諦めた。

そもそも今の問題はそこではない。

ナツは両膝をくっつけ、手でスカートを押さえながら、飯塚エリオットの横にそろりとしゃがみこんだ。

彼の膝の上には食べかけの餡《あん》パンが置かれていた。

購買部で買ったやつではないだろう。この高校の購買部に餡パンは売っていない。

それにしても意外と和なチョイスである。

「どうしてオコノギくんのことそんなふうに観察してるの？」

「オコノギを観察する際にはあんたの了承を得なきゃいけないわけ。あんたオコノギの権利者か」

えらそーだなあ。

こんな言い方しかできないのか、このひと？

「そうじゃないけど」

「オコノギに配慮してるのか？　だったら無用だ。オコノギに限らず人魚は観察されることに慣れてる。観察されることを承知で陸にあがってきたんだから」

「何が目的なのかなって」

飯塚エリオットはようやく双眼鏡を下ろし、額にあげていた眼鏡も下ろすと、フンと鼻を鳴らした。

「愚問だな」

面と向かってみて初めてわかったのだが、彼の瞳《ひとみ》はとても複雑な色をしている。それまでは、単純に「茶色っぽい」と思っていた。しかし、光の当たり具合や影の差し方によっては、明るい茶色にも、深い緑色にも、あるいはそのふたつが混ざったような色にも見える。

「なんで俺が日本に戻ってきたと思ってる？　こんな、せせこましい国に」

「知らないよ」

「人魚が多いからだ」

そう言って飯塚エリオットはニタァと底の知れない笑みを浮かべる。

「人魚とクラスメイトになれるなんて日本だけだからな」

やっぱり、というのが正直なところだった。

というのも……

飯塚エリオットは、頭に「超」のつく生物オタクなのだ。

校内ではすでに有名な話だ。

彼はこれまでずっと英語圏にいて、高校進学に合わせて三月に日本へ来たらしいのだが、来日以降の数ヶ月で、すでに数々の伝説を築きあげている。

入学までの一ヶ月のあいだに、この付近一帯の動物相と植物相を徹底的に調べあげ、地元大学の教授や在野の研究者と議論、この地域に棲息《せいそく》するアザラシの進化に関する新説を打ち立てた、とか。春休みのあいだに町立柔道場に大発生したシロアリを、その生態と行動パターンを摑《つか》んだ上で、短期間で効率よく駆除してみせた、とか。学校の生物準備室はすでに彼の牙城《がじょう》と化しており、国際条約に引っかかるような稀少生物が秘密裡《ひみつり》に飼育され、さらに生物準備室の奥の謎の倉庫ではキメラが合成されている、とか。(※注・すべて真偽不明)

そんなこんなで、彼は校内においてはすでに押しも押されもせぬマッドサイエンティストの扱いである。人間よりも人間以外に対して熱心なアプローチをみせるその姿はストレンジかつクレイジー。女子ウケする容姿であるにもかかわらず女子から敬遠されるのは、偏《ひとえ》にこの言動ゆえだ。

そんな彼が、人魚に関心を寄せるのは、わからないではない。

しかしまあなんというか、困ったさんだなあ、とは思うが。

でも、だからこそ。

「あのさ。そういう飯塚くんを見込んで、訊《き》きたいことがあるんだよね」

隣の席のオコノギくんから、異音がすることがある。

ほんの一瞬の短い音だ。最初は、何か気に入らないことでもあって舌打ちしているのかと思った。でも舌打ちとはどうも様子が違う。オコノギくんのは、もっと乾いた音なのだ。

——カチッ

本当に一瞬の音だし、耳障りでもないので、日常生活に支障をきたすようなものでは決してない。しかし一旦《いったん》気になりだすと、どうにも落ち着かない……だから、生物オタクである飯塚エリオットならこの件について何かわかるのではないかと思い、こうして尋ねに参った次第。

飯塚エリオットはあっさり答えた。「そりゃクリック音だ」

「クリックオン？」

「反響定位のために発せられる音波」

「ハンキョウテーイ？」

「エコーロケーションともいう。自分が発した音波のエコーによって物体までの距離などを察知する能力だ。生体にソナーを搭載してるようなもんだ」

「？」

「だからー」

飯塚エリオットは顔をしかめた。付き合ってられないと言いたげだったが、それでもきちんとわかるように解説してくれるのは、好きなことは語らずにはいられないオタクのさがであろうか。

「人間は声帯からしか声を出せないけど、人魚はもうひとつ発声器官を持ってる。そこから発せられる音波はある程度狙いをつけることができ、進行方向に物体があれば、当たって跳ね返り、エコーとなって自分のところに戻ってくる。人魚はこのエコーを骨で受信し、その状態によって、物体までの距離、物体の大きさや形などを察知する。これが障害物ならばよけ、獲物であれば捕らえに行くってわけだ」

「それって、なんか、コウモリみたい？」

「まあ原理は同じだな」

「なんで、その、ハンキョウテーイ、を、学校生活でする必要があるの？」

「さあな、あんたの話を聞くだけじゃわからない」

「ふーん」ナツはちょっと考え、「……それで、生き物の動きを予知することは、できるかな？」

「予知？　……いや、予知、とは違う。でも、その生き物が次にどの方向に動くか、ということくらいはわかるはず」

「？」

「たとえば——視覚では、目にした物体の表面だけしか見ることはできない。それ以上の情報を得ることはできない。中身がどうなっているかはわからない」

「ふむ」

「でも反響定位ってのは、その物体の外見だけじゃなく、中身をある程度把握することができる。超音波は物質を透過し、当たった順に跳ね返って戻ってくるから。人間を例にとって具体的に言えば、手前側の皮膚、脂肪、骨、内臓……といった具合に、それぞれのパーツの波形を、それぞれキャッチすることができる。これらの状態から総合的に判断すれば、視覚なんかよりよっぽど複雑かつ確実な情報が得られ、その物体を深く理解することができるってわけだ」

「なるほど」

「ホントにわかってんのか」

「たぶん」

「ふん。まあ、そんなわけで、反響定位では筋肉の状態もわかるはずだから、その生き物が次にどんな行動に移るのか、ある程度は予測できるだろう。でもそれはあくまで予測であって予知じゃない。人魚としての経験がものを言う〈技術〉と言っていいはず」

「へえー」

きのう、夕方の海岸で、アザラシのダイナミック方向転換からナツを事前に救うことができたのは、そういうウラがあったのだ。

「オコノギくんってすごいんだねえ」

「オコノギだけじゃなく種族全体そうなんだが。まあ、人魚の反響定位はかなり精密らしいな。返ってきたエコーの波形の差によって、遠くにいる魚の種類、大きさ、どの個体がより脂がのっているか、という細かいことまで判別できるらしい」

「はあー」

「そんな感覚器官でもなきゃ過酷な水中では食っていけないってことなんだろうけどな。でも……興味深いな、たしかに」と、飯塚エリオットは思案顔で腕組みする。

「そうか。陸上でもしょっちゅうクリック音を発してるのか。知らなかった。近づかないとわからないことではあるが……」

「そうだよー、ホントにオコノギくんのこと知りたいなら友達になればいいのに」

と、ナツはいたってシンプルなアドバイスを授けてみるが、飯塚エリオットは聞いちゃいない。ひとりでブツブツ言っている。

「完全に現代人に擬態して現代人とまったく同じ生活を送っているんだから陸上では現代人と同じ感覚器官だけで充分やっていけるはずだが、それでも反響定位を日常的に行っているとなると視覚や聴覚では得られない情報を収集しているのか、それとも、ただ単に人魚の頃の癖が抜けていないだけか……」

　これ以降、英語が混ざりだしたので、ナツには聞き取れなかった。

飯塚エリオットはバイリンガルで思考するひとらしい。

そして、ナツのことはもはや完全にアウトオブ眼中らしい。

これ以上ここにいても時間の無駄であろう。

「……とりあえず、音の正体がわかってよかったよ。教えてくれてありがとう」と、
ナツはその場から立ち去ろうとした。

が、

「おい女子」

呼び止められた。

ナツは不満げに振り返った。「何その女子って。固有名詞で呼びなさいよ」

「なんだっけ」

「さっき言ったでしょー、萩山奈津」

「よし、ナツ」

「下の名前かよ」

「そっちもエリオットでいいぞ」

「ええぇ」

「同級生に飯塚くんって呼ばれるのいまいち好きになれないんだよ。まあそんなこと

はどうだっていい。今後、オコノギの反響定位に関して何かわかったら、俺に逐一報告しろ。ナツは席が隣なんだから情報収集しやすいだろ。反響定位にかかわらず、新たな発見があればなんであれ知らせてくれて構わない」

「ちょっとちょっと勝手に話進めないでよ」

「無論、タダでとは言わない。引き換えに、俺が持っているオコノギ情報を提供してやらんでもない」

「なにそれ。私、別にオコノギくん情報なんて」

「あ？　なんだ。隠さなくてもいい」

「なんのこと」

「ナツだけじゃないからな、オコノギに熱い視線を向けている女子は」

「……は？」

「オコノギはまだ人間の世界に不慣れだし、ぼけーっとしてるように見えるから、そういう頼りなさげなところが可愛《かわい》げに映るんだろう。母性本能をくすぐるタイプってやつ？　ナツもくすぐられたクチだろ？　放っておけない、世話を焼いてやりたい、ってな。そういう女子、結構いるんだ」

「違う……違うよ」

私はそんなんじゃない。

そんな、浮ついた気持ちじゃ。

しかしエリオットは聞いていない。

「いいって。恥ずかしがらなくても。ナツだけじゃないんだし」

「違うったら！」

「そうかい。でも俺に言わせりゃみんな一緒だ」

「うるさいバカ！」

「バカとはなんだ」

「女子のことなんにもわかってないね」

「なんだと」

「生物オタクがなんぼのもんじゃい！」

ナツはダダダと階段を駆け降りた。背後でエリオットが何やら怒鳴っているが知ったこっちゃない。

ホント、手に負えないオタクだ。

私がオコノギくんに対して、なんだって？

熱い視線を送っているって？

私みたいな女子はたくさんいるって？
まさか。そんなはずはない。
だって私は、
私はただ、

オコノギくんが、
人魚が、
あの鰭《ひれ》を使って泳いでいるところを、見たいだけだ。

校舎に入る直前、ちらりと振り返った。グラウンドの向こうのプールに清掃業者が入っているのが見える。放課後までには、プールは澄んだ水色に満たされていることだろう。

◆

早朝のことである。

と踏んづけた。

城兼《しろかね》高校一年一組出席番号十三番、十河唯《とがわゆい》は、家を一歩出た途端、うじゃをモチッ

「うおっごめん」

思わず謝ってしまった。

城兼町で生まれ育った子供は、大人たちから「決してうじゃをいじめることなかれ」と散々言い聞かされて大きくなる。うじゃは城兼神社で祀《まつ》っている〈しろがねのへび〉のお使い、なのだそうだ。もちろん、言い伝えに過ぎないが。

実際のところ、うじゃというのは、海からやってくる白い生き物である。長雨や降雪などで町全体がジメジメしだすと共に町なかを漂い始め、雲が遠ざかり空気が乾いてくると海へ還《かえ》っていく。個体で行動することはほとんどなく、常にうじゃうじゃと群がっているので「うじゃ」と呼ばれるようになった。らしい。学術的に正式な名称があるはずだが、十河唯は知らない。

「もう出てきてんのか」

十河唯が踏んづけたのは、グレープフルーツ大のうじゃだった。群れからはぐれたのだろうか、周囲に他のうじゃの姿はなかった。

うじゃは、白一色である。

昔から「何万匹かに一匹の割合でピンク色のうじゃがおり、これを見たら幸せになれる」と、まことしやかに囁《ささや》かれているが、根も葉もない噂であろう。雪が白いものであるように、うじゃも白いものなのだ。

フォルムは、円《まろ》やかだ。形は様々だが、瓜《うり》型であるにしろ扁平《へんぺい》であるにしろ、とにかく円やか。角も直線も存在しない。目？と思《おぼ》しきポッチがふたつ、ちょんちょんとついている以外は、出っ張りもへコみもなく、全体的にツルンとしている。

大きさにはかなり個体差がある。臼《うす》のような大きなものからピンポン玉くらいの小さいものまで、様々だ。

触るとモチモチしている。ちょっとゆるい白玉くらいの固さである。

シャボン玉のようにプカプカ浮き、風に乗ってどこへともなく飛んでいく。

十河唯は屈《かが》みこみ、自分が踏んづけたうじゃを拾いあげた。

純白のやわらかボディに、十河唯の靴跡がくっきりとついていた。うじゃには痛覚がないらしい、とはいえ、なんだか心苦しい。気休めとは思いつつモチモチと揉《も》んでいたら、靴跡はたちまち消えてしまった。

十河唯はうじゃを揉みながら家の敷地から出た。

ふと顔をあげる。

斜向《はすむ》かいの家の桜はなかなか立派な古木で、ブロック塀を越えて道路にまで張り出しているのだが、この枝に、複数のうじゃが引っかかっていた。

「あれおまえの群れか？」

その言葉を理解したわけではないだろうが、十河唯の手の中のうじゃはプカッと浮くと、仲間たちのほうへ漂っていった。

うむ。と頷いて十河唯は学校に足を向けた。

彼は野球部所属。朝練にはほぼ毎日参加している。

校門へ至るゆるい坂をのぼっていると、背後から「ユイちゃーん」と声をかけられた。

「おはにょーろ」

朝からテンションの高い彼は、十河唯と同じく野球部に所属する吾妻《あずま》。現在クラスこそ違うものの、彼も城兼町で生まれ育っており、十河唯とは小学校時代からの腐《くさ》れ縁《えん》ということになる。

十河唯は吾妻を睨《にら》んだ。「ちゃんはやめろ」

十河唯は、自分の名前が嫌いというわけではなかったが、ただ「ユイちゃん」と女の子のような呼ばれ方をするのは、恥ずかしいし、ガラではないと思っていた。周囲は、彼のその生真面目な拒絶を面白がって、わざと「ユイちゃん」と呼ぶのだが。

十河唯と吾妻は並んで校門を通った。

その校門の陰にも、うじゃが群がっていた。

「もううじゃの季節かあ」と吾妻。

「今年は早いな」

「そう？　毎年こんなもんじゃない？」

いや、早いよ、と答えながら、体育館裏を進む。部室への近道だ。常緑低木が思いのほかよく育ってしまったせいで濃い木陰ができ、いつでも薄暗い。

ここで、ふたりは奇妙なものに遭遇した。

幅一メートルくらいしかない小径《こみち》に、うじゃが山を成していたのである。うじゃは基本的に群れる生き物だから、道の真ん中で山を成すこと自体は別に珍しくないのだが——問題は、うじゃの隙間から、男子生徒の足が飛び出ている、ということ。

十河唯と吾妻は無言で顔を見合わせた。

次の瞬間、ふたりは山に駆け寄り、うじゃをどけにかかった。

風に乗って飛ぶくらいだから、うじゃ一匹あたりの重さは、あってないようなものである。しかし、集団で圧《の》しかかられると、さすがに危ない。

うじゃによる事故で、毎年数名が病院送りになっている。

綿を掻《か》き分《わ》けるようにうじゃをどけ続け、やがて、埋もれた男子の頭部が見えてきた。

「オコノギ!?」

十河唯のクラスメイト、人魚の小此木善《おこのぎぜん》であった。

うじゃの山をある程度崩したところで、十河唯はオコノギの腕を掴み、力任せに引きずり出そうとした——が、

「重ッ!?」

ビクともしない。

そうだ。オコノギの体重は百八十キロ以上あるのだ。吾妻とふたりがかりで引きずったとしても、大して移動できるとは思えない。地道にうじゃをどけるしかないようだ。

十河唯は歯噛みした。「うじゃ除《よ》けの線香とか持ってないよな?」

吾妻は肩をすくめた。「ないね」

「だよな」

十河唯も持ち合わせがない。

まだピークの時期ではないから、仕方がない。

十河唯はひたすらうじゃの山を崩し続けた。吾妻は、鞄から出したタオルをバタバタ煽《あお》って風を起こし、うじゃを散らした。狭い体育館裏は、舞いあがったうじゃでたちまち真っ白になった。

すっかりうじゃを蹴散《けち》らしたところで、十河唯はオコノギの肩を揺すった。

「おい、おい、大丈夫か、おい」

反応がない。

オコノギは目を閉じ、ぐったりとしている。

吾妻が不安げに眉を曇らす。「どうする、先生呼ぶ？　いるかな、この時間」

「いや、待った――」

十河唯はオコノギのリュックサックを遠慮なく開けると、中からウォーターパックを引きずり出した。フタを開け、オコノギの口元にダバダバぶっかける。

するとオコノギは「ごふっ」と噎《む》せながら飛び起きた。そして、十河唯の手からウォーターパックをひったくり、ごっくごっくと喉を鳴らして飲んだ。

思うさまミネラルウォーターを摂取したオコノギは、口元を拭《ぬぐ》いながら大きく息をついた。「死ぬかと思った」

「大丈夫か」

「うん。助けてくれてありがとう」

「いや、それはいいんだけど……おまえ、みたらし団子でも持ってるのか？」

うじゃは、みたらし団子が大好きなのである。

大好きと言っても食べるわけではない。うじゃに口はない。

ただその存在が好きらしい。

持っているだけであっという間に寄ってくるから、うじゃ発生時、屋外でみたらし団子を食べるのは危険とされている。

オコノギはかぶりを振った。「持ってない」

「じゃあどうしてうじゃに集《たか》られるんだ」

「俺が人魚だから」

「あ？」

「あいつら人魚が好きなんだ」

そういえば、海の中では人魚とうじゃは共生関係にある、と聞いたことがあるような。ないような。

「それがわかってるんならさ、おまえさ、うじゃ除けの線香持ち歩けよな。海の中ならともかく、陸上で集られると危ないだろ」

「そうするつもりだったんだけど」と、オコノギは頭を掻いた。「今朝、急に現れただろ。だから間に合わなくて」

「まあ」

急だったのは確かだ。

十河唯はのそりと立ちあがった。「帰りは買ってけよ。コンビニとかで売ってるし」

「購買にも売ってるはずだよ」と吾妻。

オコノギは「わかった」と素直に頷き、ようやく立ちあがった。

足取りもしっかりしているし、大丈夫そうだ。

「でも、ホント助かったよ、ありがとう」

「いいって」

「野球部は、朝練？」

「ああ」

「そうか、頑張って」

そうしてオコノギは低木のあいだに消えていった。

その背中を見送り——

吾妻が首をかしげた。「あいつはなんでこんな朝早くに登校してきてんの?」

それは十河唯にも疑問だった。

「わからない」

平年より二週間も早い「うじゃ初観測」だった。

うじゃの生態には、いまだ謎が多い。

降雨が多く、町全体の湿度があがるようなとき(梅雨や、台風の前後、または何日も雨が降り続くようなとき)集団で海からあがってきて城兼町を漂う、というのは、よく知られた話だが——

この行動に目的は「特にない」と考えられている。

何かを摂取するわけでもなく、繁殖するわけでもない。

ただ漂うだけ。

もしかしたら、彼らなりに目的は「ある」のかもしれないが……

うじゃが何を考えているのか、人間には計り知れない。

その日の昼休み。

一年一組の男子数名は、中庭で花札に興じていた。今回は、ルールの全容を把握したオコノギが、初めて親を務めた。まもなく予鈴が鳴ろうかというところでキリよく終わったので、撤収と相成ったのだが――

中庭の途中で不意に足を止めたのは、一年一組のクラス委員長である神崎英雄《かんざきひでお》。これに気づいた十河唯も、つられて足を止めた。

他のみんなは、ふたりが足を止めたことに気づかず、校舎に入ってしまった。

神崎英雄は、渡り廊下を覗《のぞ》きこむようにして、何かをジッと見ている。

十河唯は「どうした」と神崎英雄の横に並んだ。

「あれ」と神崎英雄が示したのは、渡り廊下の屋根の隅。

トタン屋根を補強している梁《はり》と梁のあいだに、うじゃが数匹、固まってジッとしていた。いずれも通常のうじゃに比べてツヤがなく、モチモチ感に欠けていた。

十河唯は眉をひそめた。「こんがらがってる？」

「こんがらがってるな」

「乾いちゃったのかね」

「たぶん」

うじゃは乾燥に弱い。

水分が一定量抜けると、弾力を失い、うじゃ同士で凝り固まって、動けなくなってしまうのだ。

このあたりは人魚と通ずるものがある。

「やっぱ出てくるの早かったんだ。今日なんてまだそんなジメジメしてないもんな」

神崎英雄は首を捻《ひね》った。「可哀想だな。ここはやっぱ助けておくべきか」

「そうだな。どうする？」

「とりあえず水かけてみるべ」

「どうやって」

「そうだなあ……あ、ホースある、ホース」

神崎英雄の指差す先——花壇の陰に、ホースリールが置かれていた。神崎英雄はこれに駆け寄ると、接続先の蛇口を捻って、渡り廊下のそばまでノズルを引っ張ってきた。

「伝家の宝刀をディスカバリー」

「でかした神崎」

神崎英雄は、うじゃのかたまりに狙いをつけて、ぐっとレバーを握りこんだ。

しかし、水は出なかった。

「あれ？」

カチ、カチ、と何度かレバーを引いてみるが、やはり水は出ない。

「壊れてるのかな」

十河唯はその手元を覗きこんだ。「蛇口閉まってんじゃないの」

「いや、開けたはず……」

ふたりしてノズルを叩いたり捻ったりしていたら、何がハマったのか知れないが、突然、ぶッしゃー！　と勢いよく水が噴き出した。十河唯と神崎英雄は「うおっ」とのけぞった。しかも、悪いことに、ノズルの噴出口が向けられていたのは、うじゃたちのいる上方ではなく――

「あヴぁッ」

女子の悲鳴に、十河唯と神崎英雄は凍りついた。

噴出口の先にいた不運な女子は、クラスメイトの萩山奈津。

最悪のタイミングで渡り廊下に出てきた彼女は、頭からまともに水を浴び、制服も前面ほとんど隈《くま》なくびしょ濡れとなっていた。

十河唯と神崎英雄はサアッと青褪《あおざ》め、ほぼ同時に「ごめん！」と叫んだ。

萩山奈津は答えなかった。

気まずい沈黙。

「あ、あの……」「萩山？……」

萩山奈津は目を閉じ、
ぐらりと傾《かし》いで、
ばた、とその場に倒れた。

十河唯と神崎英雄は、ぶったまげて絶叫した。

「えええ!?」

その大声にも反応することなく、萩山奈津は倒れ伏している。

……おーい
おーい
聞こえてる？
怖がらなくても大丈夫
こっちおいでー……

「はッ」

とナツは目を開けた。

何か、自分を呼ぶ声のようなものが聞こえた気がしたのだが。

……いや、きっと、夢を見ていたのだろう。

目を開けた瞬間に内容をすっかり忘れてしまうような夢。

まず目に飛びこんできたのは、白っぽい天井。自分が寝かされているのは、柔らかいベッド。そのベッドを囲む淡い色のカーテン。そしてなんと言っても、この、薬っぽいにおい……

ナツは、ここが保健室であることを察した。

そして、すぐさま理解した。

自分の身に何が起こったかを。

そろりとベッドから起き出すと、デスクで書き物をしていた保健医の先生が顔をあげた。「あっ起きた？　具合どう？」

三十代で既婚でお子さんもいるという話だが、ほっそりしていて肌が綺麗で、見ようによっては大学生くらいにも見える、可愛らしい先生だ。

「はあ、大丈夫です」と答えつつ、自分の姿を見下ろしてみる。制服ではなく、Ｔシャツとジャージ上下を着ていた。学校指定のあずき色ジャージだ。ナツのものではない。保健室のレンタルだろう。

「あ、大丈夫よ、着替えさせたの私だからね」と言いながら、先生は紙袋を差し出した。ナツが身に着けていた衣類などが入っている。乾かしてくれたらしい。

「ありがとうございます。あの……今って」

「もう放課後。授業は終わっちゃってる」

ナツは「うへえ」と肩を落とした。

「先生方には私から説明しておいたから。それより、どこか痛むところはない？」

「いえ、ありませんが」

「どうして倒れたかは覚えてる？」

「え？　えーっと……水を、かけられた……かな」

「そう。あなた、それで転んじゃって、気を失ったのよ」

これを聞いて、ナツは、ほっとしたような、少し残念なような、微妙な気持ちになった。


ああ、そうか。

そういうふうに解釈されるのか。

……そりゃ、そうか。そうとしか見えないだろうし。

なら、そのままにしておこう。

一から説明するのは面倒だし、それに、本当のことを言っても、きっと信じてもらえない……

何点か状況説明をしたあと、保健医の先生はこう付け加えた。「頭を打ってるかもしれないから、念のため、病院で診《み》てもらったほうがいいかと思うんだけど……」

ナツは笑ってみせた。「ううん。大丈夫です」

頭を打ったから気絶したわけではない、ということは、自分でよくわかっている。

改めて礼を言って、ナツは保健室を出た。

はーっと溜め息をつき、

ぐう、と腹の虫が鳴いた。

三号棟外付けの非常階段でエリオットと会話したあと、教室に戻る途中で事故に遭ったため、昼食をとり損ねている。つまり、半日近く何も食べていない。

しょんぼりしながら廊下をトボトボ歩く。

なんだかとても寂しい気分だった。

と、

「萩山さん」

購買部を通り過ぎたところで呼び止められた。

オコノギくんの声だ。

ナツはパッと振り返り、そして、我が目を疑った。

ちょうど購買部から出てきたところらしいオコノギくん――その頭と肩に、うじゃが数匹、乗っかっている。

なぜ。

うじゃは、用もないのに人間にはくっつかないはずなのだが……いや、違う。オコノギくんは人間ではなく人魚だった。人魚にならくっつくのか？　これは、通常よく見られる現象なのか？　それとも、単に、オコノギくんが自分の意志で、あるいは趣味嗜好《しこう》で、うじゃをくっつけているのか？

わからない。

わからないからソワソワしてしまう。

オコノギくんは普段と変わらぬ態度で訊いてきた。「今まで保健室に？」

「え、ああ、うん」

「大変だったね」

「あはは、まあ、こんなこともあるよ、あはは」

「でも、元気そうでよかった。十河と委員長も、すごくヘコんでた。女子を気絶させてしまったって」

「ふたりは悪くないのに。保健室の先生から聞いたよ。カピカピになったうじゃを助けようとしたんだよね」

うじゃの話題を出したところで、思わず、オコノギくんの頭の上に乗っかっているうじゃに目が行った。漬物石くらいの大きさの、もったりしたうじゃだ。

こいつのことには触れていいのだろうか？

ナツは心中で葛藤《かっとう》し、

「……オコノギくん、購買で何か買い物？」

結局、触れられなかった。

オコノギくんは「うん」と頷いた。「うじゃ除けの線香を買ったんだ」

「えっ」

「帰り道で集られたら危ないからね」

もうすでに集られているようですが……

という一言をナツはゴクリと呑《の》みこんだ。

ナツの葛藤など知る由もなく、オコノギくんは「あのさ」と続けた。「ちょっと訊いていいかな。答えたくなければ答えなくてもいいんだけど」

「うん？」

「萩山さん、どうして気絶したのかな」

「どうしてって――」

ここは無難に答えておこう、という腰の引けた考えが反射的に浮かんだ。

だって、ホントのことを一から説明するのは面倒だ……

ナツは精一杯の作り笑いを浮かべた。「水をかけられて、その弾みで転んで」

「でも、十河は、気を失ったから転んだように見えた、って言ってた」

「え」

「転んだから気絶したのではなく」

「……」

「だから不思議がってた」

「そ、そうなんだ」

「自分の見間違いかもしれないとも言ってたけど」

「……」

「萩山さん」

オコノギくんはナツをまっすぐ見据えた。

表情にもいつもの柔らかさがない。

なんだ、この緊迫感は。

ナツは思わず息を詰めた。「はい」

「萩山さんは、もしかして、」

「あらァ、なっちゃん!」

底抜けに明るい声が廊下に響いた。

購買部からひょっこり顔を出したのは、ここの従業員であるミワさん。

店じまいの最中なのだろう、モップを手にしている。

「ねねね、聞いたわよォ、水ぶっかけられて転んで気絶しちゃったんですって? 災難だったわねー。もう大丈夫なの?」

ナツはちょっとホッとしつつ頷いた。「はい。大丈夫です」

ミワさん(年齢不詳)は、今年度から新しく配属されたひとで、つまり、ナツたち一年生と同じくまだ二ヶ月ちょっとしかこの高校にいないのだが、もう十年も前からずっといるかのような見事な溶けこみっぷりで、購買部を基本ひとりで切り盛りしている。

古式ゆかしい三角巾《さんかくきん》と割烹着《かっぽうぎ》を身に着けたミワさんが明るく接客する姿は、早くも城兼高校の風物のひとつとなっていた。

また、驚くべきことに、ミワさんはすでに在校生全員の顔と名前を記憶しているという。その理由は「だってェ、みんな可愛いんだもの。ヨユーで覚えちゃった！」とのこと。簡単そうに言うが、なかなかできることではないだろう。城兼高校は生徒数の多い学校ではないものの、全校生徒の名前を覚えているひとなんて、教師にもいないはずである。

ミワさんが生徒たちを独自のニックネームで呼ぶことも、すでに、城兼高校のカルチャーと化した感がある。ミワさん発案のニックネームがそのままそのひとのスタンダードなニックネームになることも少なくない。

話を遮られたオコノギくんは、一瞬、何か考えるような表情をしたが、すぐ、まあいいか、とばかりに微笑《ほほえ》んだ。「じゃ、またね、萩山さん」

そうして、何事もなかったかのように去っていった。

ミワさんがこそりと囁いた。「あれえ、ごめんね、なんかアタシお邪魔したかしら」

「いえ、そんな」

「うーん。でもなんだかなんとも言えない罪悪感。お詫びとお見舞いを兼ねて、なっちゃんにお菓子あげちゃう」

そう言ってミワさんは、割烹着のポケットからチョコ菓子の小袋を取り出した。

「うわーい、ありがとうございます」

今は食料が何より嬉しいナツである。

「みんなにはナイショよ？」とミワさんが鮮やかにウインクする。

オコノギくんは、さっき、何を言いかけたのだろう？

考えるでもなく考えながら、ミワさんからもらったチョコ菓子をもりもり食べつつ、鞄を取りに教室へ向かう。

一年生の教室があるのは三階だ。

誰もいない放課後の階段の途中で、ふと足を止めた。

西日が射しこむ踊り場の窓。ここからは、グラウンドの隅にあるプールが見える。

業者によって徹底的に清掃され、新しい水で満たされて、生まれ変わったかのように輝くプール——このプールサイドを、迷いのない足取りで歩く人影が、ひとつ。

オコノギくんだ。

プールまではかなり距離があるが、視力には自信がある。間違いない。

ナツは思わず身を乗りだした。

どうしてあんなところを歩いているのだろう？

プール開きは今週末で、水泳部でさえまだ足を踏み入れていないはずなのに。

なんとなく息を殺して見守っていると、オコノギくんはおもむろに、プールのふちギリギリに膝をついた。五十メートルプールと比すると、オコノギくんはずいぶん小さく見えた。

まだコースロープも張られていない、ただただ水面が広がるばかりのプールというのは、なんだかやけに茫洋《ぼうよう》として、冷ややかで、物寂しい。底にまっすぐ引かれたコースラインが、無機質さを際立たせている。

オコノギくんは、さらに、水の中を覗きこむように身を乗りだした。

この時点で、ナツは走りだしていた。

何をしているのだろう？

何をするつもりなのだろう？

……もしかして、

泳ぐ？

彼が、人魚が、

泳ぐところを、見られるだろうか？

そう思うと、ナツの胸はドキドキと高鳴る。

見たい。

見たい。

人魚が泳ぐところを、見たい！

人魚が――人間以外のものが泳ぐところを、この目で見ることができたなら、ようやく、諦めがつくかもしれない。人間はそもそも泳ぐ生き物ではないのだと、思い知ることができるかもしれない。自分がいまだ未練たらしくいだいている〈泳ぐこと〉に対する期待や後悔も、断ち切ることが、できるかもしれない……

プール入口の鍵は、開いていた。

普段は厳重に施錠されているはずなのだが。

鉄パイプと金網を組み合わせたような無骨な扉をそっと押し開け、内側へ侵入。わずかばかりの階段をのぼれば、すぐにプールが眼前に広がる。

プールにここまで近づいたのは、本当に久しぶりだ。ひんやりした水の気配。塩素のにおい。水はけがよさそうなコンクリートのざらざらした踏み心地。すべてが懐かしいような、厭《いと》わしいような。

更衣室の陰からそろりと窺うと、オコノギくんはまだ水面を見つめ続けていた。まだ誰も身を沈めたことのない、波紋さえ立たない、巨大な一枚鏡のような水面を――

風に乗ってかすかに香るのは、うじゃ除けの線香のにおい。

先ほど購買部で購入したものを、早速焚いているようだ。

……カチッ
カチッ　カチッ

何度かクリック音が聞こえる。

やけに念入りに反響定位を行なっているようだ。

何か気になることでもあるのだろうか。

やがてオコノギくんは、なんとも腑に落ちないような表情で、首をかしげつつ立ちあがった。と同時に、ナツの姿に気づいた。

「あれ、萩山さん……」

このとき、ちょっとした事故が発生した。

オコノギくんの傍らに置かれていた携帯用の簡易香炉が、ふらりと揺らいだオコノギくんの足に当たって、プールに落下したのである。

オコノギくんは目を丸くした。「あ」

これを見たナツも目を丸くした。「あ」

オコノギくんは再び膝をつくと、プールに潔く手を突っこんだ。ぶくぷく泡をあげながら沈まんとしていた香炉を危ういところでキャッチし、引き上げる。香炉の中の線香の火は、当然、消えている。それでもオコノギくんはホッと息を吐いた。

見つかってしまった以上は隠れていても仕方がない。ナツはオコノギくんのほうに歩み寄っていった。「大丈夫？」

「うん。でもこの線香はもうダメだな」

オコノギくんが手の中の香炉を傾けると、スリットから水が溢れ出た。

「この線香セット、いいよね」

「え？」

「線香だけでなく香炉とマッチも付いてた。便利だ」

「ああ、うん、そうかも……」

「意外といいにおいだし。もっと臭いかと思ってた」

「そうだよね」

「それより、萩山さん、どうしてここに？」

「え、……えーと」

なんと説明したものか。

あなたのあとを尾《つ》けてきました。と正直に言ったら、ドン引きされること間違いなしである。我ながらどうかと思うし。

ナツの目はおろおろ泳いだ。「えーと……」

ここはひとつ、
話を逸《そ》らしてみよう！

「オ、オコノギくんこそ、どうしてここに？」

「俺？　俺は、なんかちょっとヘンなものを見つけたんで、追いかけてみたんだけど」

「ヘンなもの？」

「うん。でも気のせいだったみたフグッ」

言葉は唐突に途切れた。

背後からうじゃ数匹に一斉に飛びかかられたのである。

線香の煙が途切れたせいだろう。うじゃの動きに迷いはなかった。

ほんの四匹ほどだったが、大きいものはスイカほどもあった。とはいえ、この程度のうじゃでは重さもほとんど感じないはずである。それでも、プールのふちギリギリで不安定な姿勢でいたオコノギくんは、あえなくバランスを崩した。

オコノギくんは、顔から水面にダイブした。白い飛沫《しぶき》が高くあがる。

「わわわ」とナツは慌てたが、それも一瞬のこと。すぐさま見守る体勢に入った。

オコノギくんが、泳ぐかもしれない。

ナツは胸を高鳴らせながらオコノギくんを見守った。

しかし、オコノギくんは、なかなか浮いてこなかった。

おそるおそる覗きこんでみると、底のほうでジタバタしているのが見える。

やがて水面にあがってきて「ぶはっ」と息継ぎした。のだが。

――ごぼ。げほごほっ、ごぼ！

ひどく咳《せ》きこみ、水面に顔を出し続けることもままならない様子で手足をバタつかせている。ともすると顔が水にどっぷり浸かってしまう。必死に水を掻いて、そしてまたどうにか水面に顔を出し、また咳きこむ。

ナツは困惑した。

オコノギくんは人魚。人魚は水棲生物。泳ぎは得意なはず。

それなのに。

なぜ溺《おぼ》れているように見えるのか。


ガシャ！　と、けたたましい金属音が響き渡った。プール入口の扉が乱暴に開かれたのである。この音に驚いて、ナツはビクリと飛びあがった。

「What the hell are you doing!?」

プールサイドに駆けこんできたのは、飴色の髪の男子生徒。

飯塚エリオットだった。

プールを回りこみながら、彼はすごい剣幕でまくしたてた。

早口のネイティブ英語を聞き取ることができず、ナツは身をすくませるしかない。

エリオットは、どうやら、咄嗟《とっさ》のときには英語が出てしまうようだ。

「な、な、なに」

エリオットは苛立《いらだ》ったように声を荒げた。「オコノギは泳げない！」

「え？」

「陸にあがった人魚は〈泳ぐ〉なんて特殊な動きは習わない。習ってない以上、人間の体で泳ぐことはできないんだ！」

ふと、いつだったか丸山《まるやま》さんと交わした会話を思い出す。

――もともと二足歩行してた生き物じゃないから海の中とは勝手が違うらしい――歩いたり走ったりっていう基本的な動きは難なくできるらしいけど、それも経験則っていうよりか知識として覚えてるから、今までやったことのない動きを咄嗟にはできないらしい――人間だってそうだよね。泳いだことのない人間にいきなり泳げって言っても、たいていはムリじゃん？――

すうっと顔から血の気が引いていく。「そんな」

「大体あの体格で二百キロもあるやつが水に浮くわけないだろ」

などと言っているうちに水面がふっつり静かになった。

オコノギくんが沈んだのだ。

「Damn!」

エリオットは眼鏡を投げ捨てると、プールに飛びこんだ。ザブザブと白波を立てながら水中でもがいているオコノギくんに歩み寄り、一旦潜って、オコノギくんの首を抱える。そのまま浮上して、水面に顔を出させた。

しかしそこまでが限界だった。

「ぶわっぷ理無理無理……」

オコノギくんの体重を考えれば、水の浮力を利用したとしても、ひとりの力で支えていられるものではない。しかもオコノギくんは苦しいからとにかく呼吸をしようとして暴れまくる。エリオットも体格のいいほうではないので、体重差の大きいオコノギくんに引きずられて、何度も顔が水に浸《つ》かる。

このままではエリオットごと沈みそうである。

エリオットは、プールサイドで唖然《あぜん》とするばかりのナツを睨んだ。

「Assist me!」

「……あ、」かぶりを振りつつ、ナツは後退《あとずさ》った。「ごめん……で、できないの」

「Hurry ガぼッ」

「ダメよ、できないの……だって、私、」

「ナツ！」

「私、」

水に顔を浸けると眠ってしまう。

それがナツの〈症状〉だ。

◆

十河唯は、夕陽に染まるグラウンドで、他の一年生部員と共にトンボをかけていた。

決して強豪校などではないが、だからといってダレて手抜きをするでもなく、マイペースかつ質実に活動しているのが、城兼高校野球部である。

後片付けも間もなく終わろうかという頃。

何か喚《わめ》くような声が聞こえた気がして、十河唯は顔をあげた。

グラウンドの反対側。

プールのほう。

目を凝らしてみると、やはり、誰かプールサイドにいるようである。

「なんだあ?……」

十河唯はトンボを定位置に戻しつつ首をかしげた。

水に顔を浸けると、数秒と経《た》たないうちに、眠りに落ちてしまう。

それが中三の夏からナツを悩ませている〈症状〉だ。

徐々に、ではない。プツン、と、テレビの電源を切るようにキッパリ意識が途切れてしまうのだ。抗《あらが》う間もない。非常に強制的な睡魔だった。

さらにややこしいのは「そうなる場合とならない場合がある」ということだ。

つまり、顔を浸けても眠りに落ちないセーフな水もあるのだ。

自宅の洗面所の蛇口やお風呂のシャワーなどから出る水がセーフだったのは、幸いだった（ここがアウトだったら毎日の洗顔や洗髪に苦労しただろう）。お泊まりした友達の家のお風呂も大丈夫だった。他県に住む親戚の家のお風呂もセーフ。ちなみに雨が顔に当たるのもセーフだ。

ではは何がアウトかと言うと、まず、ナツの母校である港中学のプールだ。中学時代に練習でしょっちゅう使用していた町民プールもアウトだった。隣の東中学校のプールもアウト。城兼高校のプールは、まだ試していないけれど、ここまでプール系は全敗なので、なんとなくダメな気がしている。それと、今日の昼休みの一件で、城兼高校の中庭のホースから出る水もアウトだということがわかった。

今のところ、眠ってしまう場合の水と、そうでない場合の水にどんな違いがあるのか、不明。

原因も不明。

究明したいと思うが、ナツは知識も権力も財力もない十五歳なので、できることにも限界がある。

家族はもちろん心配してくれた。母親に連れられていろんな病院に行き、何人もの医師に診てもらった。しかし、明確な結論が出ることはなく、またその埋め合わせとして提示される考察も、いつもどこも似たようなものだった。――精神的なものだと思われます――水泳に打ちこみすぎた反動じゃないでしょうか――水に慣れ親しんでいるようでいても、深層心理では水を拒んでおり、水と向き合わねばならない現実から逃避するため、睡眠という形で拒絶の意思表示をするのかも――

いずれの説にも、ナツは納得してはいない。

実際この〈症状〉を目の当たりにすれば医師の考えも変わるのではないか、と、その場で顔を洗ってみせたこともあった。しかし、病院の蛇口から出る水でナツが眠りに落ちたことはなかった。

あのときの落胆は忘れられない。

不可解な症状ではある。

不便だし、不安だ。

が、気をつけてさえいれば日常生活に支障はない。そもそも日常生活において「水に顔を浸ける」なんてことはほとんどないと言っていいのだから。

ただし、やはり、競泳は無理だ。

症状が出た当初、気合いや慣れでなんとかなるのではないかと思い、特訓してみた時期があった。しかし、どんな手段を講じても、どんなに気合いを入れても、何度トライしてみても、症状が改善することはなかった。毎回失敗し、何度も溺れかけ、周囲に迷惑をかけた。

水泳は、もう、やめるしかなかった。

ナツは血を吐くように叫んだ。「泳げないの！」

ナツの事情など知る由もないエリオットは息も切れ切れに言い返した。「泳げなんて言ってねーだろ！　手を貸せって言ってんだ！」

「そうじゃない、そうじゃなくて……」

このプールの深さでは、普通に立ってもナツの顔は水に触れてしまう――このプールの水が、アウトの水だとは限らない。でも——もしアウトの水だったら？　オコノギくんを助けるどころの騒ぎではない。三人のうちの誰よりも早く危険な状態に陥ってしまう。犬掻きや立ち泳ぎなど顔を水面に出す泳法ができないわけではないが——そんなので溺れてるひとを助けられるか？　もしそれが失敗したら？

怖い。
無理だ。
できない。
オコノギくんを助けることはできない……

いや、違う。
違う違う……
そんなの私の勝手な都合だもの。
私が勝手に怖がってるだけだもの。
オコノギくんが溺れかかっていることとは何も関係ない。
私が助けなきゃ。
私しかいないんだから……

オコノギくんは、きのう、私をアザラシから助けてくれたもの！

ナツはキッと顔をあげた。「エリオット」

「あ⁉」

「もし私が沈んでも、オコノギくんを、先に助けてね」

言いながら、ナツは素早くジャージの上着を脱ぎ、それで顔の下半分を覆った――これで少しは水を防ぐことができるはず。気休めにしかならないかもしれないが、ないよりはずっとマシだろう。

それからナツはプールに下りた。

躊躇《ためら》っている時間などない。潔く身を浸した。

最近暑くなってきたとはいえ、当然、水温はまだまだ低い。急激な温度変化にゾクゾクと震えが走り、身が縮む。水圧で呼吸が浅くなる。濡れてまとわりついてくる衣服はひどく重く、手足の動きを鈍らせる。それに、高校のプールはやはり深い。水面が顔に近い。怖い。ナツは歯を食いしばった。咄嗟の判断だったが、ジャージを巻いておいてよかった。ジャージのところで波がブロックされて、顔にかかる水量が最小限に留《とど》まっている。気がする。しかし、この効果はほんの一時のものだろう。所詮《しょせん》はジャージ、すぐ吸水力に限界が来て、そうしたら今度は逆にハンデとなるに違いない。ナツは手足で水を掻きつつ、慎重にかつ素早く進んで、なんとかオコノギくんとエリオットのもとまで辿り着いた。そして、オコノギくんに手を伸ばした――そのとき、もがくオコノギくんの腕に水が撥《は》ねあげられ、ナツにざぶりとかかった。ナツも、一応、これを察知して腕で顔をかばったのだが、それでもかなりの量を頭からひっかぶってしまった。

落ちるか？

……いや、

大丈夫。落ちない。

このプールの水は、セーフの水なのだろうか。わからない。単に、ジャージのおかげで顔にあまりかからなかったから、というだけのことかもしれない。

ナツは気を取り直し、改めてオコノギくんに近づいて、どうにかその肩を抱えた。さすがに百八十キロもあるとずっしり来る。エリオットと息を合わせて、プールサイドまで移動。それからナツは、ひとりでオコノギくんを抱えてプールサイドにあがった。

エリオットは面妖《めんよう》なものでも見るかのような目でナツを見た。

乾いたプールサイドに引っ張りあげられ、ゴホゴホ咳きこむオコノギくん。

ナツはその背中を叩いた。「大丈夫？」

苦しそうではあるが、意識はハッキリしているようだ。オコノギくんはどうにか頷いていた。

エリオットは自力でプールからあがるやいなや、「ぶはああ」とよろめきながらプールサイドに倒れこんだ。「冗談じゃねーよまったく」

「エリオットも、大丈夫？」

「大丈夫なわけないだろうが。腕の筋肉が逝ったわ」

やがてオコノギくんの呼吸も落ち着いてくる。

ナツはオコノギくんの背中をさすりながら言った。「ごめんねオコノギくん」

オコノギくんはナツを見上げた。「どうして謝るの？」

「だって……」

「萩山さんは助けてくれたのに」

「オコノギくんが溺れてるのにぼんやりしちゃって」

「でも助けてくれた」

「そうじゃない。違うの。私……オコノギくんが泳ぐところを見たかったから」

「?」

「そうだよね。わけわかんないよね……でも、あのね」

ナツはぎゅっとこぶしを固めた。

「人魚がどんなふうに泳ぐのか見てみたかった。だから、オコノギくんがプールに落ちたとき、やった、って思っちゃったんだ。これでやっと人魚が泳ぐところを見られる、って。それで——」

それで、プールに落ちたオコノギくんを助けようとしなかった。あきらかに溺れていたのに。エリオットが助けに入らなかったら、ナツはオコノギくんを見殺しにしていたかもしれない……

そう考えると、改めて震えが走る。

「だから、ごめんね」

「でも萩山さんは俺が泳げないって知らなかったんだよね」

「……まあ」

「だったら仕方ない」オコノギくんは「ふふふ」と笑った。「ヘンだよねえ」

「え?」

「人魚なのに泳げないなんて」

「……ううん、ヘンじゃないよ」とナツも笑った。

オコノギくんは座りこみ、ナツとエリオットの顔をゆっくり見回した。

「ありがとう、萩山さん。助けてくれて。エリオットも」

と、そのとき。

「おーい」

と呼びかけながらプールサイドを歩いてくるものがあった。

同じクラスの十河唯だ。

「おまえら何騒いでんだよ。先生来ちまうぞ」

野球部を抜けてきたのだろう。まだ練習用のユニフォームを着ている。

濡れ鼠な三人を見て、十河唯は呆れ顔になった。

「なんだなんだまたオコノギか」

また？

エリオットはフンと鼻を鳴らして立ちあがり、落ちていた眼鏡を拾うと、ナツとオコノギくんを居丈高に見下ろした。

「おまえら今日のことはせいぜい俺に感謝するんだな。世話焼かせやがって。もしまたこんなことがあっても次は助けねーから！　気をつけろよな！」

そう言い捨てると、乾いたプールサイドに濡れた足跡と水滴を撒き散らしながら、ずんずん去っていってしまった。


ここでひとつ疑問が残る。

なぜエリオットは、あんな絶妙なタイミングで助けに入ることができたのか？

いや、答えはもうわかっているのだ。

もちろん、オコノギくんの観察を続けていたからだ。こんな時間まで。

生物オタクとしての彼の行動はかなり徹底している。

ある意味、尊敬できるほどに。


「なんなんだ一体」事情を知らない十河唯は困惑顔である。「何があったか知らないけどさー……あ、萩山、もう起きて大丈夫なの」

「あ、うん」

「ごめんな、昼間は」

「ううん、気にしないで」

「いやホント悪かった。でもびっくりしたよホント。まさか倒れるとは……ていうか、なんか、うじゃ集まってきてるんですけど」

彼の言う通りだった。更衣室の屋根、スタート台の陰、フェンスの向こう、そしてプール上空にも――いたるところに白いモチモチが潜んでいた。

これにはナツもびっくりした。「なんで？　誰もみたらし団子持ってないよね？」

「うじゃは人魚が好きなんだってよ」

十河唯は首からかけていたタオルをバサバサ煽って風を起こし、寄ってきたうじゃを遠ざけつつ、オコノギくんに訊いた。

「やばいやばい。線香は？　線香買ってないの？　うじゃ除けの」

はたと我に返ったようにオコノギくんはポケットに手を突っこみ、線香のパッケージを取り出した。が、もちろんずぶ濡れ。袋の端から水がぽたぽた滴《したた》っている。これでは使い物にならない。

オコノギくんは非常に残念そうな顔をした。「あー」

「えー、もー、しょうがねーな。野球部の備品やるから来いよ。集られる前に」

などと言っているあいだにも、オコノギくんの頭に、メロンほどもあるうじゃがモチッと乗っかった。

「いつも悪いね」とオコノギくんは立ちあがる。

ナツも続けて立ちあがり、それから三人は並んでプールから出て行った。


ひと気がなくなり、静まり返ったプール周辺。

あたりはすっかり夕陽の色に染まり、一年一組の三人によってびちょびちょにされたプールサイドも、徐々に乾き始めていた。

動くものといえば、湿気を求めて漂ってきたうじゃくらい。

あるとき、風も吹かないプールの水面に、小さな波紋がひとつ、じわりと拡がった。

……やべー。

最初の波紋と同じ起点から、次々と波紋が生じる。

どこからか発せられる声に合わせて。

やべーっすよ。やべーっすよ。人魚マジやべーっすよ。あいつ絶対俺らのこと見えてたっすよ。

すると今度は、少し離れた別の位置から、新たな波紋が拡がった。

見えたわけじゃないわ。エコーに引っかかっただけよ。

ふたつの波紋は遮るもののないプールの水面を滑り、やがて交差した。

でもプールまで追いかけてきたんすよ。怪しまれてるんじゃないすか？

ただの好奇心でしょ。たまたまちょっと変わったものを見つけたから、気になってついてきただけ。深い意味なんかないわよ。

そーっすかねえ。

そうよ。好奇心旺盛とされてる人魚の中でもとりわけ好奇心旺盛なのが陸にあがってきてるんだから。大体、反響定位で存在を感知することはできても、私たちがなんなのかなんて、理解することはできないわ。

そうだといいっすけど……にしても、このプール、掃除されてて助かったっす。藻《も》だらけボウフラだらけの水には、さすがに溶けこみたくねーっす。

たしかにね。

ふたつの声が止むと同時に、波紋も途絶えた。

プール周辺は再び静けさを取り戻した。

以降、不可解な波紋が生じることは到頭なかった。

3話

人魚は写真にうつらない（前編）

たとえば温泉街がうっすらと湯煙のにおいに包まれるように、うじゃの季節になると城兼町《しろかね》はうじゃ除《よ》けの線香のにおいに包まれる。どの家でも、玄関先で焚《た》くようになるからだ。線香のにおいといっても、お仏壇に供える線香のような厳かな香りではない。もっと薬草っぽい、野趣溢れるにおい。うじゃはこの線香の煙を苦手としているという。

城兼町に住んでいるひとはもう鼻が慣れてしまっているはずだから気づかないだろうが、町の外に住んでいて通勤通学などで通ってくる者には、そのにおいの日《ひ》ごとの変化がよくわかる。

城兼高校一年一組出席番号一番、藍本《あいもと》あざみ。

彼女も町外から登校してきているひとりである。

線香を焚くという習慣に最初は驚いたものの、すぐに慣れることができたし、それにこの線香のにおいが彼女はなんとなく好きだった。クセはあるが、頭がスッキリするような清涼感がある。

藍本あざみは、紺一色の傘を差し、雨の中をひとり歩いていた。

腕時計をちらりと見る。

四限目の授業には、間に合うかもしれない……

そう思い、藍本あざみは足を速めた。彼女はこの日、大幅に遅刻していた。彼女は体質にちょっとした問題を抱えているので、定期的にかかりつけの医者に診《み》てもらわなければならないのだ。

それにしても、本当にひどい雨だ。道半ばなのにローファーの中にまで雨が滲《し》みてきている。替えの靴下を持ってきておいてよかった。

こんな日は、うじゃも元気だ。本当に、なんのために海からあがってくるのかよくわからない生き物なのだが、空中をふわふわ漂っているのんきな姿を見ると、陸上生活を満喫しているように見えなくもない。

この時間帯、こんな住宅街のど真ん中に、ひと気はない。

今日はずっと篠突《しのつ》く雨が降り続いているから尚更《なおさら》だ。

雨に煙って道の向こうがよく見えなくなっている。

空気がやけにひんやりしていた。

なんだか知らない道みたいだ。四月以降ほとんど毎日歩いている通学路なのにそんなことを考えて、藍本あざみはふと気がついた。雨音とは異なるリズムが、背後から近づいていることに。

　びちゃ　びちゃ

深い水溜まりを躊躇《ためら》いなく踏みつけるような、どこか乱暴な音。

足音だ。

なぜか体の芯がひやりと冷たくなって、藍本あざみは緊張した。傘の柄を握る手に力がこもる。

道の片側にそびえたつのは単身者向けのマンションの壁。反対側にはちょっとした森。ここは城兼神社の裏手なのだ。進行方向には県道の下を抜ける短いトンネル。ひと気はない。

　びちゃ　びちゃ　びちゃ

やはり聞こえる。気のせいなんかではない。

近い。

たまらず振り返った。

藍本あざみの背後には、たしかに人影があった。

男か女か、わからない。

年の頃も、わからない。

この雨の中、傘も差さないで突っ立っているそのひとには、首がなかった。

藍本あざみは傘を取り落とした。紺色の傘がぽんぽんと地面を跳ねた。

悲鳴も出なかった。藍本あざみは糸が切れたようにその場にへたりこんだ。アスファルトはもちろん雨浸しだ。おしりが一気に冷たくなる。しかし藍本あざみはそれを感じないほどすくみあがっていた。

首なしは、そんな藍本あざみの前にじっと立っていた。顔がないのでわかりにくいが、もしかしたら見下ろしていたのかもしれない。対する藍本あざみも、なすすべもなく、相手を見上げるばかり。

どういうことなのだろう。どう見ても、首がない……いや。ないわけではないのかもしれない。よくよく見ると、普通なら頭がある部分だけ、歪《ゆが》んだレンズを通して見るように背景がぼんやり滲《にじ》んでいる。ような気がする。

すっかり濡れ鼠になっている首なしが着ているのは、着古したようにヨレヨレの、あずき色のジャージの上下――これは、城兼高校の指定ジャージだ。その胸には、名字がカタカナで刺繍《ししゅう》されている。

その文字。

――〈イリエ〉！

◆

「イリエさん？」

オコノギが首をかしげた。初耳だったらしい。

城兼高校一年一組の教室にて、昼休みのこと。

朝から降り続く雨のため、窓という窓は閉めきってある。湿った空気と雨の音が、教室内にこもっていた。うじゃたちは喜びそうな環境だが、人間にとってはあまり快適とはいえない。

予鈴まではまだ時間があるが、ほとんどのクラスメイトはすでに教室内にいた。何か食べていたり、仲のいい者同士で固まっておしゃべりしていたり、次の授業の予習をしていたり、さまざまに過ごしている。

このクラスの出席番号十四番である豊田《とよだ》勝利《かつとし》は「そう」と頷いた。

「雨の日にだけ現れる、透明人間イリエさん。知らないのか？」

オコノギは素直に頷いた。「知らない」

「何年か前からこの城兼町に出没するようになった、彷徨《さまよ》える怪人だ」

豊田勝利は、さっきから、取り留めのないことをしゃべりながら、少し離れたところに座っている出席番号十八番・早川《はやかわ》嘉一郎《かいちろう》とのあいだで、人間の頭ほどもある何かをキャッチボールしていた。タオルでぐるぐる巻きにしてあるのでそれが一体なんなのかは不明だが、かなり重みがありそうだ。

豊田・早川コンビは、このように、一見して理解不能な行動をしょっちゅう取っているので、クラスの誰も今さら驚きはしない。

豊田勝利はわざと低くした声で、おどろおどろしく言った。「イリエさんと遭遇してしまった者は、数日のうちに、たいへんな不幸に見舞われるという……」

オコノギは首をかしげた。「でも、透明人間なら、遭遇してもわからないんじゃないの？　見えないんだし」

「ノンノン。イリエさんは、ジャージ着てるんだよ」

「ジャージ？」

「そう。でも透明人間だから、ジャージから出てるべき頭や手が見えないわけ。ジャージだけ歩いてるように見えるんだ。で、そのジャージってのが、なぜか、うちの高校のジャージなんだと」

「イリエさんはシロ高の生徒ってこと？」

「いや、現役生ってことではないみたいだ。今はもうそんなことはしなくなってるけど、昔あのイモジャーって胸のところに所有者の名字が刺繍されてたんだって、カタカナで。イリエさんのジャージにも刺繍があって、そこにイリエと書いてあったからイリエさんはイリエさんと呼ばれるようになったんだけど」

「じゃあ、卒業生か」

「じゃないかって言われてる。何年度卒なのかってことについても、いくつか説があってだな……」

透明人間イリエさん。

何年か前から城兼町に流れている、怪奇な噂話だ。

怪しい噂の常として、かなり尾鰭《おひれ》がついているのだが、いずれの場合でも共通して語られる情報は以下の三点。

・雨の日にだけ現れる。
・城兼高校指定のジャージを着ている。
・ジャージの胸にカタカナで「イリエ」と刺繍されている。

これに「会うと数日以内に不幸になる」「城兼高校の生徒を恨んでいる」「普段は城兼高校の女子トイレに潜んでいる」「制汗スプレーが苦手」などなどの出所不明な怪しい情報が添加され、イリエさん話にはいろいろとバリエーションが存在する。

陰気な雨の日になると思い出したように誰からともなく語られるので、この手のイリエさん話を聞き飽きている地元男子たちは、ほとんど聞き流していた。

オコノギだけが「ふーむ」と神妙な顔。「どうして雨の日にだけ現れるんだろう」

「さあな。でも、この城兼町はそういうの多いよな」

「え、そうかな。たとえば？」

「うじゃとか」

「うじゃの他には？」と早川嘉一郎。

「えーっと……うじゃとか、うじゃとか」

「うじゃだけだな。さーて。そろそろじゃないか」と、早川嘉一郎はおもむろに軍手を装着した。それまでひたすらキャッチボールしていた謎の物体を抱えこみ、巻きつけられたタオルを剝《は》がしにかかる。

豊田勝利が口の達者なお調子者であるのとは対照的に、早川嘉一郎はクールなリアリストであった。そして無駄にイケメンであった。正反対のふたりだが、なぜか気が合うようで、大抵いつもツルんでいる。

やがてタオルの中から現れたのは、ガムテープでぐるぐる巻きにしてある大ぶりの缶。豊田勝利と早川嘉一郎は協力してガムテープをベリベリ剝がし、缶の蓋《ふた》をパカリと開けた。

冷気が溢れ出す。

缶の中には氷が詰めこまれていた。

それと、一回り小さな缶も。

これを取り出し、開ける。

一体何が出てくるのか。見守っていた男子たちは思わず息を詰めた。

小さい缶の内側には——なにやら、白っぽい固形物がこびりついていた。バターのようでもあり、泥のようでもある。

早川嘉一郎はどこからかプラスチックのスプーンを取り出すと、その白い固形物を少しこそげ取り、「ほれ」と、一番近くにいた十河唯《とがわゆい》の顔に近づけた。

「え？　え？　何？　何これ？」

「食え」

「は!?　やだよ！」

「大丈夫だから」

「こんな得体の知れないもの食えるか！」

「いいから食ってみろって」

「男を見せろ！」と豊田勝利も口を出す。

なんだか理不尽さを感じつつも、しぶしぶスプーンを受け取り、白い固形物をおそるおそる舐《な》めてみて——

十河唯は目を丸くした。「あれ、美味《うま》いぞ」

豊田勝利と早川嘉一郎は「だろだろ」と誇らしげ。

「すげー美味い」

人柱の反応がよかったことで、他の男子も「俺も俺も」と手を伸ばし始めた。こうなることを予想していたのであろう早川嘉一郎は、小さなプラスチックのスプーンを大量に用意していた。早川嘉一郎の座席の周囲は、たちまち、ちょっとした試食会場のようになった。小さな缶ではあったが、その場にいた男子に味見させる程度なら、充分な量があった。

「うっ、うンまー！」

「ちゃんとアイスだ」

豊田勝利と早川嘉一郎が手作業でこしらえたのは、素朴なバニラアイスだった。

小さめの缶に牛乳や砂糖などの材料を入れ、きっちり蓋を閉め、ガムテープで隙間なく固定。次に、大きい缶のほうに氷と大量の塩を詰め、その真ん中に位置するように先ほど材料を入れた小さめの缶も納めて、これも隙間なく密封。塩と反応することで大きい缶の中の氷の温度はマイナス十度以下にもなる。大きい缶の表面もめちゃくちゃ冷たくなるから、凍傷を防ぐため布などでくるんで、しばらく缶を回転させ続けると、機械も電気も使わない手作りアイスクリームの出来上がり。

と豊田・早川コンビは解説するが誰も聞いていない。

このふたりは科学部所属。

アカデミックな研究には見向きもしないが、こういう、自分たちの利益になるようなおいしい実験（？）には、学校の設備と部費を使って、それなりに真摯《しんし》に、日々取り組んでいるのだった。

ちゃんと冷えてちゃんとおいしいアイスを口にし、オコノギは「豊田と早川はすごいな」と感心しきりに頷いている。

「だからって、ダメだぜオコノギくん、豊田の話を真に受けちゃ」とクラス委員長の神崎英雄《かんざきひでお》が（こちらもアイスを食べながら）言う。

「でも本当においしいけど」

「アイスのほうじゃなくてイリエさんのほう」

「ああ、イリエさん」

「イリエさんはねえ」と十河唯も肩をすくめる。「身近な題材が揃《そろ》ってるからなんかホントっぽいけど、単なる怪談話だから」

「なんだなんだ、夢のないヤツらだな」と豊田勝利は不服そうだ。

早川嘉一郎が笑いながら言う。「夢にしたって陳腐な話だよ。透明人間だなんて」

「いる。イリエさんは」

その声は、か細いのによく響いた。

教室にいた者たちはハッとそちらに顔を向けた。

教室に入ってきたのは、藍本あざみ。

彼女は病院に寄らなければならない日があるとかで、ときどき遅刻してくる。

このとき彼女はなぜかジャージの上下を着ていた。長い黒髪はしっとり湿っている。着替えなくてはならないほど雨に濡れたのだろうか。傘を持っていなかったのだろうか。今日は未明から降っていたのに。

藍本あざみは霞むような声で言った。「私、見たもの」

豊田勝利が訊《き》いた。「見たって、何を」

「イリエさん。今日、学校来るとき……会った」

こくり。

誰かが息を呑《の》む音。

「首が、なかった」

もともと色白であることを差し引いても、今の藍本あざみはひどく顔色が悪く、その様子もあいまって異様な説得力があった。とても冗談を言っているようには見えない。そもそも藍本あざみは冗談を言うようなキャラでもない。

教室はしんと静まり返った。

ノイズのような雨の音だけが淡々と響く。

冷めた空気の中、オコノギだけが興味津々といった様子で目を輝かせていた。

藍本あざみは、独特の雰囲気を持つ女子だ。

物静かで、いつもひとりでいる。

休み時間などは、自分の席でひっそりと読書している。誰かと楽しげにしゃべっている姿はあまり見られず、たとえ話しかけられても、必要最低限の言葉で返す。

彼女は笑った顔を見せない。怒った顔も見せない。困った顔も。彼女が大きく口を開けたり表情を崩したりするところを誰も見たことがない。まるで感情がないかのようだ。

だからといって目立たないというわけではない。

なんせ彼女は綺麗だった。

長い睫毛と切れ長の目が印象的な和風美人だ。血管が透けそうなほどに白い肌、長く伸ばした黒髪はお姫さまみたいにサラサラ。背もすらりと高く、この容姿で、遠くを見るような目をして物思いにふける様は、どこか俗離れしており、よくできた絵画のようだった。

そして、病弱という事実。

どういう病気なのかは誰も知らないが、彼女が「病院に寄るため」としてときどき遅刻してくることは、よく知られていた。

そんなあれやこれやから、クラスメイトのあいだでは、藍本あざみという女子は侵しがたい〈孤高の人〉であり、青春ドラマのヒロインのごとき〈薄幸の美少女〉であり、そして何より、〈すっごくお近づきになりにくい人〉……という位置づけなのだった。

そんな彼女が、透明人間イリエさんを目撃したという。

五限目終了時。

次の授業の準備をする藍本あざみの前に立った者があった。

誰あろう小此木《おこのぎ》善《ぜん》である。「藍本さん」

藍本あざみは少々驚いたように顔をあげた。「はい？……」

「放課後、ヒマ？」

「え……ど、どうして？」

「イリエさんを見かけたところまで案内してほしいんだ」

これには、藍本あざみはもちろん、たまたま会話が聞こえてしまった周囲のクラスメイトもギョッとした。

面倒見のいい十河唯などは、止めとくべきか？　と腰をあげかけた。これで相手がノリのいいヤツだったなら大して気にもしないのだが、現にオコノギが話しかけているのはよりによってあの〈孤高の人〉藍本あざみである。彼女と、まだ少し世間知らずなところのある人魚オコノギがぶつかることによって起こる化学反応は未知の領域。おかしなことになる前に止めたほうがいいかもしれん……と思ったのだが、「いや、待て待て、オコノギもバカではない。何か思うところあっての提案なんだろうから、ここは気の済むようにやらせてやりゃいいんじゃね。ヘタに口出してもお節介と思われるだけじゃね」という冷静なる心の声に諭され、ぐぐと座り直した。

オコノギはけろりと首をかしげた。「ダメかな」

藍本あざみは目を白黒させている。「ダ、ダメというか……どうして？」

「イリエさんに興味あるんだ」

「興味って……で、でも、私……場所教えるだけじゃ、ダメかしら。城兼神社の裏なんだけど」

「うーん。俺はそのへんの地理がまだよくわからないから、できれば案内してほしいんだけど。あ、そうか。俺とふたりっきりはいやだよね」

あ、口に出して言っちゃうんだ、それ。

藍本あざみも、それから周囲のクラスメイトも、ギョッとした(二回目)。

オコノギはひょいと顔をあげ、

「ハギヤマさん」

オコノギの隣の席である萩山奈津《はぎやまなつ》は、藍本あざみのすぐ後ろの席でもあった。つまりオコノギの席は藍本あざみの斜め後ろである。

名指しされた萩山奈津は引《ひ》き攣《つ》った顔をあげた。「はいっ……」この位置だから、もちろん今までの会話は全部聞こえていた。

「放課後あいてない?」

「えええええっとー」

あいている。

今日は部活もない。

「そういえば、ハギヤマさんは写真部だよね」

「……あい」

「もしものときのためにカメラ装備で来てもらえると助かるんだけどな」

「そ、それは構わないけど」

でも、でもなあ。イリエさんさがしに行くだなんて。そんな。

しかも藍本さん……どう接すればいいのか……

萩山奈津の葛藤を知ってか知らずか、オコノギは屈託のない笑顔を浮かべる。

「イリエさん、さがしに行こー」

なんだか、そういうことになった。


「はー」

飯塚《いいづか》エリオット諒《りょう》はうっとりと溜め息をついた。

「ニホントカゲの幼体は綺麗だなー」

生物準備室の隅っこ。晴れていれば充分に陽が当たるであろう窓辺に、土やら草やらが敷き詰められた大きな衣装ケースが置いてあり、エリオットはそこに頭を突っこまんばかりの体勢でいた。

「……トカゲ飼ってるの？」

ナツは爬《は》虫類《ちゅうるい》を見てテンションがあがるほうではないので質問も控えめだ。

三号棟の三階にある生物準備室には、いかにも現在稼働中といった風情の飼育ケースが無数に置かれていた。あの飼育ケースひとつひとつに何やら小さな生き物が――虫やら甲殻類やら爬虫類やらが飼われているのだと思うと、ちょっとばかしゾワゾワする。ナツの家は山のほうにあるのでそういう生き物は見慣れているから苦手というわけではないのだが、何がいるかわからないし、おまけにこうも密度が高いと、さすがに怖気《おじけ》づいてしまう。ナツは扉から、いま一歩、踏みこめずにいた。

でも、言ってみればそれだけのこと。国際条約に引っかかるような稀少生物が秘密裡《ひみつり》に飼育されているようには見えないし、奥の倉庫でキメラが合成されている様子でもない。

いたって普通の生物準備室だ。

「尻尾が切れた個体を見つけたんで捕獲して再生する様を観察してる」

「ウサギとかハツカネズミとか飼わないの？」

「なんだそのチョイスは」

「いやなんとなく生物部っぽいかなって」

「飼わない。スペースと設備が充分じゃない。ストレスの多い環境で飼ってもいいことはない。ところでなんの用だよ」

ナツは扉のところに突っ立ったまま説明した——昼休み、豊田勝利が透明人間イリエさんの話をしたこと。遅れて登校してきた藍本さんがイリエさんを見たと言いだしたこと。オコノギくんがその話に興味を持ってしまい「さがしに行こう」と言いだしたこと。その捜索隊になぜかナツも加わってしまったこと。

「くだらねえ」

一笑に付された。

「雨の日にだけ現れる透明人間？　いかにもな都市伝説だな。さがすだけ時間の無駄だ」

容赦なく言いながらエリオットは、手にした霧吹きで、小さな飼育ケースの中の土や岩などをシュッシュと湿らせていた。この飼育ケースに何が棲《す》んでいるのか、ナツにはわからない。わからなくてもいいのかもしれない。遠目からでは見えないほど小さく、湿気を好むような生き物を、ナツが好きになれるとは限らない。

「オコノギくんは、どうしてそんなに興味持っちゃったんだろう」

「明確な理由があるかどうかは怪しいところだな。人魚は好奇心旺盛だから」

「それは聞いたことあるけど」

「ヤツらの好奇心の強さはもう病的と言っていいくらいだぞ。なんせ陸上への好奇心のために自分の体を作り変えるくらいだから」

「ふーん……」

ここでようやく腹を決め、本題を切り出す。

「イリエさんさがし、エリオットも行かない？」

「はあ？　Why?」

「だってオコノギくんたぶん反響定位すると思うし」

猛反論しそうだったエリオットは、ふと口を噤《つぐ》んだ。

「さがしものするわけだから、反響定位するかもよ。反響定位ってこういうときにするものじゃないの？　エリオットはクリック音聞きたいんでしょ。一緒に来たら、今日、聞けるかもよ」

「……」

「と、このまえプールで助けてもらったので、お礼のつもりで、一応、お知らせしてみました……」

本音としては、自分とオコノギくんと藍本さんの三人だけでは間が持たないような気がするので、もうひとりくらい（できれば、このメンバーの個性を相殺できるほど強烈な個性を持つひとを）捜索隊に加えたかったのだ。

沈黙。

大きな水槽のエアレーションが唸《うな》っているのがやけに耳につく。

飼育ケースの蓋をキッチリ閉め、それからエリオットは「ふー……」と細く息を吐いた。

「そこまで言うなら、行ってやらんでもない」

そういうことになった。

十五時ちょうど。

生徒玄関前に、オコノギくん、藍本さん、ナツ、そして飛び入り参加のエリオットが集まった。藍本さんの髪はもうすっかり乾いて、いつものサラサラ感を取り戻していたが、結局彼女は放課後までジャージで過ごしていた。

傘を開いて、誰からともなく歩きだす。

仲良しグループではないので、会話が弾むことはなく、かといって気まずさを感じるでもない。そもそも、傘を差しているせいで会話しづらい距離がある。みんな淡々と歩いた。

ナツは、オコノギくんの希望通り、カメラを持ってきた。部の活動のときいつも使っているやつだ。首からさげて、いつでも撮れるようにしている。オコノギくんは、腰からうじゃ除けの線香（携帯用）をぶら下げていた。これがないと、今の時期、彼は外を出歩けない。

十分弱歩いたところで、問題の場所に辿り着いた。

「ここで、見たの」

藍本さんがぼそりと言う。

城兼神社の裏手だ。こんもりと茂った木々に遮られて社《やしろ》は見えない。道を挟んだ向かい側に建っているのは四階建ての古いマンション。すぐそばに県道。これの下をくぐる短いトンネルは晴れた昼間でも暗い。

このあたりは、ナツの母校である港《みなと》中学も近く、城兼町で生まれ育ったナツにとっては馴染《なじ》み深い場所である。こんな平凡な道で「透明人間がうろついていた」と言われても、いまいちピンと来ないわけだが。

カチッ

案の定、オコノギくんは反響定位を始めた。

と同時に、エリオットは胸ポケットからスッ……とICレコーダーを取り出し、オコノギくんに近づけた。

これはさすがにオコノギくんも気になったようだ。「なに録《と》ってるの」

「クリック音をな。まあ気にするな。続けて」

「でも……あんまり意味ないと思うけど」

「自分で実際やってみないと気が済まないたちなんだ」

「ふーん」

するとオコノギくんは、本当にそれ以上は気にすることもなく、反響定位を続行したのだった。以前エリオットが言っていたように「観察されることに慣れている」のかもしれない。

エリオットがふと尋ねる。「反響定位で発する音って個人差があるのか」

「うーん。差ってほどハッキリはしてないけど、自分のか他人のかくらいはわかる」

「じゃあクリック音でこの音はあいつだなってのはわからないもんか」

「クリック音だけだとちょっと厳しいかなー。コミュニケーション取るときはクリック音だけ出してるわけでもないし。他の音あるし、気配とかも総合して判断するし。あ、これは、あくまでも水の中ではってことだけど」

「ふむ。水中と空気中だと反響定位の具合は違うもんか」

「そりゃあ。やっぱり音の進み方とか伝わり方とか全然違う。でも、すごい遠くのものならともかく、近くのものなら誤差程度かなってカンジ」

「ふむふむ」

「それと、やっぱり空気中だと精度が落ちる気がする。なんか狙いがつけにくいし、大体、骨格が変わってるから。でもこれは単に慣れの問題のような気もする」

「そうなのかあ」

エリオットはほわわと顔を綻《ほころ》ばせた。

嬉しそうだ。

何よりである。

「――萩山さん」

藍本さんが突然ナツに声をかけた。

ビックリした。まさか話しかけられるとは思っていなかったので。

席が前後だから話したことがないというわけではなかったが、いずれも「回ってきたプリントが足りなかった」とか「消しゴム落ちたよ」とか、そういう至極事務的なー瞬のやりとりばかりだった。

これが初めての会話らしい会話になるのかも？

「は、はい。なんでしょう」

ナツは顔をあげた。藍本さんは背が高い。

するとどういうわけか、藍本さんは逆に顔を伏せ、口ごもってしまった。

「あの」

「はい」

「……やっぱり、なんでも、ない」

ええー。なんだー。気になるなあ。

しかし強引に話を聞きだせるような仲でもないし。

藍本さんは、ふいっときびすを返し、男子ふたりのあとを追って歩き始めた。先ほどからカチカチと連発されているクリック音については、気づいていないのか、気づいていてもオコノギくんが発しているとは思わないのか、気にする様子はない。

先行する男子ふたりとは、すでにかなり距離があいてしまっていた。うかうかしていたら置いていかれそうだ。ナツも足早に彼らを追った。


しばらく反響定位を行なっていたオコノギくんだったが、

「うーん。よくわからない」

という一言をもって諦めたようだ。

その後、みんなであたり一帯をうろうろしてみたが、透明人間どころか、おかしなものは何ひとつ見つからなかった。

郵便バイクとすれ違ったり、下校途中の小学生の一団に追い抜かされたり、こんな雨の中でも立ち話に花を咲かせるおばさんたちを見かけたり。

なんの変哲もない午後の城兼町である。

オコノギくんは首を捻《ひね》る。「何も見つからないなあ」

「当たり前だろ」と突き放すようなことを言うエリオットだが、さほど不機嫌そうでもないのは、たっぷりクリック音が聞けたからか。

その後もオコノギくんはずいぶん粘っていたが、神社周辺を三周するに至り、ついに観念したようだった。

「みんな今日は付き合ってくれてありがとうございました」

傘で陰になっていることを差し引いても表情は暗く、声にも元気がない。かなり気落ちしているようだ。

そんなにイリエさんに会いたかったのだろうか。

ナツにはちょっと理解できないのだが、でもやっぱりなんだか気の毒だ。こんなスカスカした気持ちのまま帰るのもアレなので、ナツは「せっかくだからお参りしていこうよ」と提案してみた。なんせ城兼神社が目の前だ。

反対意見は出なかった。四人はぞろぞろと境内に入った。

城兼神社は小さな神社だ。神主さんはいるのだろうが、ナツはそれらしいひとを見かけたことがない。この小さな神社が賑《にぎ》わうのは秋のお祭りと、初詣のときくらい。今だって、ナツたち以外にひと気はなかった。このあたりはひっそり静かな住宅街だが、境内は輪をかけて寂然としている。鳥居をくぐっただけなのに、別次元に迷いこんだようだ。ここにももちろんうじゃがいたが、うじゃ除けの線香の煙を感知すると、ふらりとどこかへ去っていった。

それなりに古い神社だ。雨に濡れた社や狛犬には趣《おもむき》がある。

せっかくだからと、ナツは写真を何枚か撮っておいた。

ナツがふと見ると、さっきまで傘の中でしょぼくれていたオコノギくんに、なぜかにこにこ笑顔が戻っていた。

「嬉しそうだね。何か見つけた？」

オコノギくんは「へへ」と頭を掻《か》いた。「神社初めて」

「あ、そうなんだ」

「賽銭の相場っていくらくらいなのかな」

「相場？　うーん、相場……」

参拝の手順に関しては、ナツも正式なところを知っているわけではなかったが、とりあえず自分が知っている限りのことは教えてあげた。

手水場《ちょうず》で手を清め、四人それぞれ参拝を済ませる。

藍本さんが目を伏せて拝するところなどは、おそろしく絵になっていた。ダサいことにかけては定評のあるあずき色ジャージ着用中なのに……やはり美人の存在感というのはすごいものだ。一枚撮らせてもらいたいくらいだったが、藍本さんはそういうの嫌いそうだなと思ったので我慢する。

社から離れて、エリオットがふと言った。「この神社は何が祀《まつ》られてるんだ」

四人の中で唯一の地元っ子、ナツが胸を張って答える。「〈しろがねのへび〉だよ」

「なんだそりゃ」

「あれ、あれ」

参道のわきに、立て札のようなものがある。

記されているのは、城兼町に伝わる昔話だ。

むかしむかし
月が笑う夜

それはそれは大きな銀の蛇が
海からあがり
虹のように空を横切り
村の外れに落ちた
蛇の落ちた跡からは清水が湧き
水不足に苦しんでいた村人たちを救った
以来蛇はしろがねの蛇さまと呼ばれ
村人たちに大切に祀られている

――といったような内容。
城兼町で生まれ育った子供なら、みんな知っている。
しかしエリオットはなんだか不満げな顔をした。「よくわからん」
「……素敵だと思うけど」と目をキラキラさせて、藍本さん。
意外な反応だ。
こういう話、好きなのだろうか？
ナツはちょっと嬉しくなった。

「ねー。なんかファンタジーだよね。ちなみに城兼町の〈しろかね〉は〈しろがねのへび〉から来てるらしいよ」

「へえ、そうなんだ……」

「ポエティックすぎるだろ。縁起として何も説明できてないっつーか。年代も場所も具体的じゃないし〈月が笑う夜〉とか一体なんのことだかわからないし。一部地域にだけ伝わる昔話っつーのはこういうもんなのか？　あ！　アマガエル！」

突然エリオットは目の色を変えてその場を離れた。

オコノギくんも「え、どれどれ」と追いかけてしまう。「どこどこ」

「ヒアヒア」

「おっ」

「アマガエルは綺麗だなー」

男子ふたりはたちまちアマガエルに釘付けになる。

それをぽかんと見ていた女子ふたりは、顔を見合わせ、ちょっとだけ笑った。

ナツは、藍本さんが笑うところをこのとき初めて目にした。

〈孤高の人〉藍本さんが笑うとは……

でも、なんだかもう、驚きはしなかった。

両生類にあまり興味を持てない女子ふたりはさりげなくその場を離れ、境内を散策することにした。示し合わせたわけではないが、なんとなく。

しかし別段会話が弾むわけでもない。

黙々と歩く。

狛犬の前まで来たところで、藍本さんはおそるおそる尋ねてきた。

「さっき何をお願いした？」

「んっとねー、世界平和」

「すごい……壮大な願いだね」

「藍本さんは？」

「私は……」

と、藍本さんは俯いてしまった。

言いたくないのだろうか。

なら無理に聞こうとは思わないが。

藍本さんはぼそりと尋ねた。「萩山さんは、信じる？」

「何を？」

「イリエさん」

「うーん、正直、わかんない」

実際、ナツは、透明人間イリエさんの存在を信じているわけではなかった。だからといって絶対いないと胸を張って主張するつもりもない。というか、イリエさんについてそこまで深く考えたことがない。

「でも、少なくとも藍本さんが目撃してるわけだから、それっぽいのがうろついてるんだろうな、とは思う。ホントに透明人間かどうかはわからないけど、そう見えちゃうような、何か」

それがたとえばどんなものか、ナツには思い浮かばないのだが。

ただ、藍本さんが何かを見たという事実、それが藍本さんを怯《おび》えさせるほどのものであったという事実は、本物だと思う。

藍本さんは傘の中で首をかしげた。「私の言うこと、信じてくれるの?」

え? とナツも首をかしげた。「嘘なの?」

藍本さんは力いっぱいかぶりを振った。長い黒髪がひらひら広がった。

「嘘なんてついてない。ホントに見たんだよ……でも、時間が経《た》って、冷静になればなるほど、こんな話あるわけないって、自分でも思うから。何か証拠があるわけでもないし。だから、他のひとからも、見間違いだったんじゃないか、とか、気を引きたいだけなんじゃないか、とか……そういうふうに思われても、仕方ないかなって」

はあ、と溜め息。

「だから、オコノギくんや萩山さんみたいに、信じてくれるのは嬉しい……けど、申し訳ない気もする。自分で自分の見たものや言ってることに、自信、持てないから。振り回しちゃってるみたいで。現に、オコノギくんをガッカリさせちゃったし」

ナツは、自分の中の藍本さんの印象を、着々と更新しつつあった。

藍本さんについて、なんとなく「無口」「無感情」「おしゃべり嫌い」「とっつきにくい」というイメージがあったのだが——必ずしもそうではないようだ。いや、それはこちらが勝手にいだいていた偏見にすぎなかったのかもしれない。だってこれまでこんなにちゃんと藍本さんとしゃべったことなんてなかったのだから。相手のことを何も知らずにイメージだけで人物像を決めつけていたのかも。こちらが知らなかっただけで、藍本さんは普通に笑う普通の十五歳女子なのではないだろうか。

「私は、全然、振り回されてるとは思ってないから」

「……そう？」

「うん。オコノギくんもきっとそうだよ」

「そうかな。そうだといいけど……」

「ね。イリエさんて、どんなだった？」

と、ナツは思いきって訊いてみた。

今なら話してもらえるような気がしたのだ。

藍本さんは素直に答えてくれた。「すごく怖かった」

「ホントに透明人間だったの？」

「うん。たぶん、透明って言い方が一番しっくり来るんだと思う、あれは。たしかに首は見えないんだけど、首があるべきところに何もないってわけではなくて、なんていうか、何かあるような気がしたから……ええっと、ごめん、わかりにくいね」

「ううん」

「でもね、ホントに、なんていうか、何かあったんだよ。雨降ってたんではっきりしないんだけど、首のところだけ、背景が歪んで見えたから。肩から上に何もないってわけではないんだと思う。透明の何か……」

思い出したのか、藍本さんはぶるりと震えた。

「見たときは、本当に、ビックリした。思わず地べたに座りこんじゃった。腰が抜けるってああいうことを言うんだね。おかげで制服びしょびしょになっちゃって」

ああ、それでジャージを着てるのか。

合点が行った。

「今も、怖かったりする？」

「ううん。今は、そうでもない。みんないるし」

それから再び表情を曇らせた。

「イリエさんと会ったら数日以内に不幸になるって聞いたことあるんだけど、ホントかな」

「いやー、それはどこかでくっついた尾鰭だと思うよ。そのエピソードある場合とない場合あるもん。いい加減なもんだよ。不幸になるってパターンがあるなら、逆に、イリエさんと会ったら数日以内に幸せになるっていうパターンがあってもいいくらいだと思う。だから気にしないほうがいいよ」

「……そうだよね」

藍本さんの花の顔《かん》ばせが綻んだ。

控えめながら自然な笑顔。

ナツはなんだかホッとした。

境内を散策する、といってもこの小さな神社に改めて見るべきものなどほとんどないはずだったのだが。

社務所らしき建物の前まで来たところで、ナツと藍本さんはハッと足を止めた。

軒下に、おじいさんがひとり、座っていた。

作務衣のような和装の上に派手なスカジャンを羽織り、五本指ソックスとオジサンっぽいサンダルを履いている。顔には、海外のスポーツ選手がかけているようなシャープなサングラス。首にはイケてるスカーフ。

彼の前には、うじゃ除けの線香と、大きなハンドベルと、水の張られた金盥《かなだらい》が置かれていた。

「占いやっていかんかねー」

怪しい。

城兼神社には小さな頃から何度も訪れているが、こんなにも怪しいおじいさんを見るのは初めてだった。ナツは少なからぬ警戒心をいだいたが、地元っ子でない藍本さんは驚きはしたもののさほど疑問に思わなかったらしい。「どんな占いですか？」などと訊いている。

「うむ。よくぞ訊いてくれた。その名も〈しろがねのへびさまが導く☆ザ・洗顔占い〉じゃよ」

ごくり……

ナツは思わず固唾を呑んだ。

怪しい。

怪しすぎる。

「やり方は、カンターンなんじゃよ。この盥の水を手に取って、お顔を軽ーく洗うだけなんじゃよ」

藍本さんは「へえ」と興味をそそられたようだが。

ナツは俄《にわ》かに緊張した。

顔を、水に……

「そんでもって、このお告げ紙で濡れた顔を拭《ふ》くんじゃよ」

と、おじいさんは懐《ふところ》から半紙のようなものを取り出した。お告げ紙とは大層なネーミングだが、何も書かれてはいない。Ａ４サイズの、白一色の和紙だ。

「おいくらですか？」

「おカネ取らんのじゃよー」

おじいさんは金盥のふちをコンと小突いた。

澄んだ水面に波紋が生じる。

「この水はそこの井戸から汲《く》み上《あ》げとるから、元手はかかってないんじゃよ。もちろん、水質検査でもオッケーもらっとる綺麗な井戸水じゃから、これで顔洗っても大丈夫じゃよ」

おじいさんが指し示す方向には、たしかに、手漕ぎ式のポンプがあった。昭和初期を舞台にした邦画くらいでしかお目にかかれないような、古式ゆかしいポンプだ。年季が入っており、最近取りつけたというふうでもない。

こんなところにこんなのあったっけ？

ナツは内心で首をかしげた。

「あとで何か買わされるっちゅーこともないんじゃよ。参拝に見えた方に、ちょっとでも楽しい思い出作ってもらいたいっちゅー気持ちでやっとるだけじゃからね」

「へえ……」

「妙齢のおねーさん方はメイクが落ちちゃうわーっちゅーんでなかなかチャレンジしてくれんのじゃけど。でもピチピチお肌のお嬢さん方は当然ノーメイクじゃろ。ぜひやっていくとええですよ」

「……うーん、どうしよう」

藍本さんはちらりとナツの様子をうかがう。ナツがやらないと言えば藍本さんもやるとは言わない雰囲気だ。しかし、どうにもやりたそう。多くの女子がそうであるように、藍本さんも占いが好きなのかもしれない。

藍本さんの期待に満ちた目と、おじいさんの親切そうな微笑《ほほえ》み。

双方向からのプレッシャー。

ナツはじわりと汗をかきながらも、かぶりを振った。

「わ、私は……いいです」

藍本さんはちょっと残念そうな顔をする。

おじいさんも口を尖《とが》らせる。「えーどうしてどうして」

なんだか申し訳ないことをしているような気になってきた。

「いえ、あの、」

なんと答えていいかわからない。

適当に言い繕えばいいのだが、咄嗟《とっさ》にうまい嘘が思いつかない。

水を顔にかけたら倒れてしまうかもしれないんです。などと説明しても、理解してもらえるとも思えないし――

「やってみていいですか」

と、後ろから進み出てきたのは、オコノギくん。

おじいさんの表情がパッと明るくなる。

「ええよええよ」

場の空気が和《なご》んで、ナツもひそかに胸を撫で下ろす。

またオコノギくんに助けられたみたいだ。

オコノギくんは屈《かが》むと金盥に潔く手を突っこみ、ざば、と顔を洗った。

顔をあげたオコノギくんに、すかさずおじいさんが「ほい」とお告げ紙を手渡す。

オコノギくんはこれで濡れた顔を押さえる——すると、紙の表面にデカデカと大吉の二文字が現れた。水分を含むと文字が浮かびあがるようになっているのだろう。

どうやらこの洗顔占いというのは御神籤《おみくじ》みたいなものらしい。

おじいさんはそばに置いてあったベルをガランガランと鳴らした。

「大吉じゃよー」

「やったー」とオコノギくんはつられて喜んだが「大吉ってすごいんですか？」

知らないようだ。

おじいさんは大吉の説明をしてくれた。

それからナツはオコノギくんの手元を覗《のぞ》きこんだ。

「あれ。他にまだ何か書いてあるね」

大吉の二文字の下に、細かい字で。

〜ヘビさまのオ・ツ・ゲ〜
おめでとう！　大吉のアナタはエブリデイハッピー☆
でも油断は禁物だヨ！　水難の相が出てるかも？

お告げ紙というだけのことはあって、お告げ（のようなもの）が記されていた。

しかしえらくテンションの高いお告げである。

オコノギくんはプススと笑った。「当たってるかも」

ナツは笑えない。オコノギくんがプールで溺《おぼ》れかけたのはほんの数日前だ。

「これ、持って帰ろう」お告げ紙を折りたたみながら、オコノギくんは無邪気に訊いた。「おじいさんは、この神社のひとですか？」

「まあ、そんなよーなもんじゃよ」

「イリエさんってご存知ですか？」

「イリエさん？　いやー、知らんのー」

「雨の日にだけ現れる透明人間なんだそうです。で、いつもジャージ着てるらしいんです。城兼高校のジャージなんですけど。こういう」と、藍本さんを指差す。

いきなり指差された藍本さんはちょっと身をすくませる。

おじいさんは藍本さんのジャージを、サングラスをかけた目で眺め回し、

「――いんや、聞いたことないし、見たこともないのー」

「そうですか」

「でも面白い話じゃね。そういうの、いま流行《はや》っとるのかね。若いってええね」

「あ、あのッ」

藍本さんが、この日一番大きな声を出した。

みんな驚いたが、藍本さんまでもが自分の大声に自分で驚いているようだった。オドオドしながら「あの、わ、私も、占い、やっていいですか」

「うむ、もちろんじゃよ」

藍本さんは屈むと、意を決するように長い髪をひとつに束ねた。それから金盥の水を掬《すく》い、ぱしゃりと顔を洗う。そして、おじいさんから手渡されたお告げ紙で顔をポンポン拭《ぬぐ》った。

紙に浮かびあがった二文字は――小吉。

良すぎず悪すぎず、だ。

併記された「ヘビさまのオ・ツ・ゲ」にはこうあった。

小吉のアナタ、ビミョーな毎日送ってない？
でも変化のチャンスはいつでもすぐそばにあるんだヨ☆
おもいきって踏み出してみて！

四人が境内を出たとき、雨脚はかなり弱まっていた。

完全にやんだわけではないが、ほとんど霧のような雨に変わっていた。傘を差していてもあまり意味がなさそうなので、みんな傘を閉じてしまう。

イリエさん捜索隊もここで解散だ。

藍本さんは隣町方向、他の三人は逆方向へ。

大きな道に出たところでエリオットとも別れ、ナツとオコノギくんは、ふたり並んですっかり薄暗くなった道を歩いていた。なぜかしゃっくりの話をした。オコノギくんはこのあいだ初めて人間のしゃっくりというものを経験したという。

「人魚ってしゃっくりしないの？」

「するよ。肺呼吸だし。でも人間ほど長く続かないしそんなに苦しくない」

「人間のしゃっくりって苦しい？」

「結構」

「そうなんだ。なんでだろう」

「たぶん、二足歩行のせいで胸郭が縦方向に長いから横隔膜にかかる力が大きいんだと思う」

「……ふむ？」

「でもちゃんと調べたわけじゃないからわからない。違ってたらごめん」

「うんにゃ」

「ハギヤマさんはしゃっくり苦しくないの」

「うーん、こんなもんだと思ってるから苦しいとは思わないかも。でも長く続くと鬱《うっ》陶《とう》しいかな」

空全体が厚い雨雲に覆われているせいでわかり辛《づら》いが、おそらくもう陽はすっかり落ちてしまっている。

そばの街灯のあかりがパッと点《とも》った。

道の真ん中に拡がった大きな水溜まりを迂回《うかい》しつつ、オコノギくんは持参のミネラルウォーターを一口飲んだ。「そういえば、ハギヤマさんは、さっき、洗顔占いしなかったんだね」

「え……ああ、うん、まあ」

「占いが好きじゃない？」

「そんなことないよ」

「信用できなかった？」

「ああ、まあ、あのおじいさんはたしかに怪しかったけど、でも占いってあんなもんだと思うし」

「水が、怖い？」

「……怖いってわけじゃ、ないんだけどね」

どうしてこんなこと訊くんだろう？

何とはなしに違和感を覚える。

何かを探られそうな予感……

しかし、突っぱねるほどの拒否感もない。ナツはなんとなく「はは」と笑ってみせた。何かをごまかすように。

オコノギくんも「はは」と笑った。「水に顔を浸《つ》けるのが怖いんだよね」

「え？」

オコノギくんは穏やかに微笑んでいる。「そうだよね」

「……」

「それなのに、この前プールで俺を助けてくれてありがとう」

ナツは思わず足を止めた。「……どうして？」

オコノギくんも足を止め、手にしていたボトルのフタをぎゅっと閉めて、ナツと向き合った。

「その前にひとつ。答えてほしい。水に顔を浸けると、どうなるのか」

ナツは息を詰めた。

答えるべきか否か。

迷いは一瞬だった。

オコノギくんは、何かを知っている。

何か知ってるなら、教えてほしい。

ナツは素直に答えた。「水に顔を浸けると――意識が、なくなるの。眠ってしまう。理由はわからない。でも、必ずしもってわけではなくて、意識がなくなる場合と平気な場合がある。これもどうしてなのかはわからない」

「そう」

オコノギくんに驚きはない。

やはり、という表情だった。

降ってるんだか降ってないんだかハッキリしない雨が暗い道路を漂っている。

こんな天気を歓迎するのは、うじゃくらいのものだろう。

そしてオコノギくんは言った。「ハギヤマさんは、スイミン症なんだと思う」

「スイミンショウ？」

「知らない？」

「知らない……聞いたことない」

「スイミンは、水に眠るって書くんだけど」

水眠症。

その字面に、なんとなく、空寒いものを覚えた。

びちゃ

どこかで水溜まりが撥《は》ねるような音がする。

しかし今はそんなことどうでもよくて。

「それって……何？　オコノギくん、知ってるの？」

「知ってるよ。あのさ、ハギヤマさん」

「教えてくれないかな、その水眠症について」

「もちろん教える。でもその前に、ハギヤマさん」

「お願い。私……ずっとこのことで悩んでて」

「ハギヤマさん。カメラの電源を入れて」

「え？」

脈絡のない要望に、ナツは困惑した。

わけがわからないが、オコノギくんに目で促され、とりあえず首からさげたカメラの電源を入れる。

びちゃ　びちゃ

なんだろう。

さっきから、水の音が近づいているような。

なんだかいやな予感――

カメラが起動しきったところで、オコノギくんに両肩をがしっと摑《つか》まれた。「えっ」と思う間もなく、返し戸のようにくるっと百八十度回転させられる。オコノギくんを背にする形になり、

「撮って」

有無を言わせぬ口調。冷ややかですらあるその声に操られるかのように、ナツは我知らすボタンを押しこんでいた。

シャッターの切れる音。

ここでナツはようやく気づいた。

ナツからそう離れていないところに、人影がひとつ、突っ立っている。

城兼高校の指定ジャージ上下。

首がない。

ナツの頭のてっぺんから足の先までを、冷たい何かが駆け抜けていった。

喉まで凍えて、悲鳴も出ない。

――たぶん、透明って言い方が一番しっくり来るんだと思う、あれは――首があるべきところに何もないってわけではなくて、なんていうか、何かあるような気がしたから――

――雨降ってたんではっきりしないんだけど、首のところだけ、背景が歪んで見えたから。肩から上に何もないってわけではないんだと思う――透明の何か……

ホントだ。

藍本さんの言ったことは正しかった。

今ならわかる。首はないけど、何もないわけじゃない。何かある。透明な何か。背景が歪んでいる……

それまでじっと突っ立っていた首なしジャージだったが、何を思ったのか、不意に背中を見せて、反対方向へのろのろ歩きだした。

もしかして……逃げる？

どうして？

「撮った？」と冷静なオコノギくん。

首なしジャージを目の当たりにしたのに、微塵も動揺していないようだ。

ナツは咄嗟に返事ができず、壊れたおもちゃみたいにカクカク頷いた。

「よし。じゃあ、ハギヤマさん――悪いけど、このことはまだ誰にも言わないでほしい。その写真も、念のため、誰にも見せないで。詳しいことは明日話すから。水眠症についても、そのときに」

ものすごい早口だった。しかも、言い終わらないうちにオコノギくんは足を踏み出している。首なしジャージの逃げたほうに向かって。

「……え、ちょ、ど、どうするの」

「追いかけてみる」

「えっ！」

「大丈夫。ハギヤマさんはもう帰ったほうがいい。それじゃ、また明日」

最後までは聞き取れなかった。オコノギくんは駆けだしてしまっていた。

彼の後ろ姿はたちまち暗がりに紛《まぎ》れて見えなくなった。

その場には、ぽかんと立ち尽くすナツだけが取り残された。

どういうことなのオコノギくん。

何をするつもりなのオコノギくん。

すべては、ほんの数十秒ほどのあいだに起こったことだった。正確なところはわからないが、一分もかかっていないことは確かだ。しかしナツには激しい運動をしたような疲労感が残っていた。心臓がドキドキ鳴っている。気温はさほど低くないはずなのに、手足がかじかんでいる。どうかするとへたりこんでしまいそうだ。

はたと我に返ったナツは、カメラを持ち上げ、震える指で再生ボタンを押した。

最新の画像がモニターに表示される。

少し手ブレしてしまっているけれど、でも間違いなく――

暗闇を背景に、首なしジャージがうつっている。

◆

家路をひとり歩きながら、耳にＩＣレコーダーを近づけ、再生して――

「ふふ」

思わず笑ってしまった。

「……録れてない」

もう一度最初から、再生してみる。

――なに録ってるの――クリック音をな。まあ気にするな。続けて――でも……あんまり意味ないと思うけど――

オコノギとの会話は、問題なく録れている。背後を通り過ぎていく軽自動車の走行音、そのタイヤが撥ねる水の音。少し離れたところで同行の女子ふたりがごにょごにょ会話している声まで、ばっちり録れている。かなり高スペックのレコーダーだからノイズも少ない。

クリック音だけが、録れていない。

あれだけハッキリ空気を震わせる音だったのに。

「やっぱり無理なんだな」

人魚の姿や音声を記録することはできない、と言われている。

つまり、人魚の姿を写真や映像に残すことはできないし、その鳴き声を録音することもできない。だから彼らの姿や鳴き声を正確に知る者は限られている。

知るのは人魚を直接目にした者だけ。

もちろん描画することはできる。人魚の姿であるとして残されているスケッチはいくつか存在するが、資料によってかなり差異があり、また、描いた者の主観も多分に混ざっているので、いずれも正確ではないと言われている。絵のうまい者が目撃するとは限らないのだ。

この「人工的な機械では人魚の存在を記録することができない」という現象の原因については諸説あるが、すべては人間側の理屈に基づいた推論でしかなく、有力なものはいまだ存在しない。当の人魚たちに訊いても「知らない」「わからない」と答えるばかり。また、人魚としてはこの現象に疑問や不都合を覚えるわけでもないようで、積極的に解明しようという動きもない。

彼らは嘘をついているわけではなく、本当に知らないのだ。

そう。〈普通の人魚〉が知っていることは少ない。

elder-class の人魚でなければ……

飯塚エリオットはＩＣレコーダーをもう一度最初から再生してみた。やはり、オコノギの声は余すところなく録れている。クリック音は無理でも、人間に擬態した際の肉声は録音できるようだ。声帯が人間のものだからだろう。人間の姿であれば、写真や映像にもうつるはずだ。

これはすなわち、人魚の〈人間への擬態〉が完璧であるということ。

「不思議なもんだな」

しかし、それでこそ、調べ甲斐があるというもの……

「ホント、不思議な生き物よねえ」

すぐ後ろから、知らない声が。

飯塚エリオットはギョッと振り返った。

街灯のあかりの輪の中に、ビニール傘を差した男がひとり、佇《たたず》んでいた。

日本人にしては背が高く足が長い。ゆるっとした服装なので体格がわかりにくくなっているが、どちらかというと痩せ型。しかしなぜかヒョロくは見えず、芯が通っているような整った立ち姿だった。クセの強い髪は天然だろうか。鼻筋の通った、なかなかの二枚目である。

男はビニール傘をくるりと回してみせた。

「でも、ほどほどにしなきゃダメよォ？　好奇心は猫を殺すらしいから」

おもむろに、ぱちっとウインク。

鳥肌が立つほど気障《きざ》な振る舞いだが、この男には妙に似合ってもいた。

「気をつけて帰りなさいね、エリィくん」

飯塚エリオットが何も言えないでいるうちに、男は立ち去った。

どことなく物騒な気配のするセリフだけを残して。

街灯の向こうの暗がりに男の後ろ姿が消えていくのを見守りながら——

飯塚エリオットは思いきり顔をしかめた。

「……誰？」

◆

いつも通り日の出と共に目覚めたナツは、眠い目をこすりながら玄関を出て、三百三十三段の階段を降り、侵入者用の罠をよけ、麓《ふもと》にある正門の郵便受けから朝刊を抜き、また三百三十三段の階段をあがって家に戻った。ナツの家は山の中腹にある。朝刊を取ってくるのは幼い頃からのナツの日課であり、大風の日も雪の日も、これを行なうことによって目が覚めるのだった。

一仕事終えたナツは、朝食ができるまで、裏庭で薪割《まきわ》りをした。これも幼い頃からやっている仕事なので、鉈《なた》の扱いにも慣れたものだ。太い薪も貧弱な薪も、テンポよくパッカパッカと一刀両断していく。

この日は、前日の陰気な雨が嘘のようにからりと晴れていた。

雲ひとつない青空の下を、うじゃが湿気を求めてうろうろふわふわしている。

清涼な空気の中で、ナッツは気持ちよくのびをした。

うーん、

今日はなんだか新しいことが始まる一日になりそうだぞ。

ナツは普段よりかなり早く登校して、自分の席についた。

一刻も早くオコノギくんと顔を合わせて話がしたかった。きのうはあれからどうしたのか。なぜイリエさんをそこまで真剣に追うのか。水眠症とはなんなのか。なぜナツがそれであると気づいたのか……訊きたいことは山ほどある。自分がいま何を一番知りたいのか自分でわからなくなるほどに。

早くオコノギくん来ないかな。

ドアのほうを、そわそわと眺めてしまう。

そのうち、藍本さんが登校してきた。

ナツと目が合うと、

「お、おはよう」

彼女から挨拶《あいさつ》されたのはこれが初めて。

ナツも満面の笑顔で答えた。

「おはよう！」

藍本さんにも、いろいろ話したいことがある。

きのう私もイリエさんを目撃したよ！　その写真を撮ることにも成功したよ！——ということを、本当は、本当に、藍本さんに一切合切しゃべってしまいたかった。しかし、きのうオコノギくんに「このことはまだ誰にも言わないでほしい。写真も誰にも見せないでほしい」と言い含められている。忘れてはいない。だからまだ今は言えない。でもいつかきっと話せるときが来るはず。だから、今は我慢。

ナツはひとり頷いた。

と。

自分の席についた藍本さんが体を捻って振り返り、

「あ、あのッ」

大きすぎる声だったので、ナツも、そして藍本さん本人もビクッと飛びあがった。

周囲のクラスメイトも、何人か、何事かと振り返った。

「あの……あの、ごめん、やっぱりなんでもない、です」

今度は蚊の鳴くような声だ。

藍本さんは声のボリューム調節が苦手なのかもしれない。

「そう？」

「うん……」と、藍本さんは前に向き直った。

が、なんだかそわそわしている。背中を見るだけでもわかるほどに。

そして一分も経たないうちに、藍本さんは「あの、やっぱり、聞いてもらっていいかな⁉」と再び振り返った。

「いいよ。私でよければ」

「あ、ありがとう……その、こいついきなり何言いだすんだって思われるかもしれないんだけど、でもこれを話しておかないと……始まらないから」

「うん」

「私、はが……」藍本さんは頰《ほお》をほんのり赤らめた。「はがへんなの」

「はがへん？」

「あ、でも今日はまだ、歯医者さん行ったばっかりだから、普通なんだけど」

そう言って藍本さんは細い指で自分の両頬を摘《つ》まみ、横にぎゅーっと引っ張った。

それは、高嶺《たかね》の花《はな》的存在である藍本あざみさんには似つかわしくない、やんちゃな仕種だった。現に、これに気づいたクラスメイトが二、三人、ギョッとしたように藍本さんを見る。

藍本さんの歯が剝き出しになるが——

上下とも、綺麗に揃った白い歯だった。

歯が変？

ナツは首をかしげた。「全然、変じゃないよ」

頰から指を離した藍本さんは、摘まんだところをムニムニさすった。「今はね、普通だと思う。削ったばかりだから」

「け、削る？」

「うん……でも、すぐに伸びてきちゃうんだ」

藍本さん曰《いわ》く。

藍本さんの犬歯は、普通とは違うらしい。

他の歯はいたって普通なのに、犬歯だけが伸び続け、放っておけば一ヶ月ほどで、まさに犬の牙《きば》のように鋭く尖ってしまうのだという。一定の長さまで伸びると成長は止まるが、非常に邪魔な長さであり、だからといって削ってしまうと、また思い出したように一定の長さまで伸びてくるという。抜歯しても同じ。邪魔に思うなら、こまめに削るしかない。

この現象は女系の遺伝なのだそうだ。藍本さんのお母さんも、お母さんのお姉さんも、お母さんのお母さんも、犬歯が伸び続けるひとだったという。二次性徴期に始まって、三十代くらいでふっつりと終わるのだとか。

よりによって一番容姿に気を遣《つか》う年の頃にこんな症状が出るなんてひどいよね、と藍本さんはむくれる。

この厄介な犬歯のために、藍本さんは月に一度か二度、歯医者へ行ってメンテナンスをしなければならないというわけで――

「じゃあ、藍本さん、別に病弱とかじゃないんだね」

「え？　うん。健康そのものだよ」

そうだったのか。

いや、しかし、たしかに「藍本さんは通院のためときどき遅刻してくる」という事実はよく知られているが、それがどういう病気なのか、何科に通院しているのか、ということは、まったく知られていなかった。それに、よくよく考えてみれば、藍本さん本人に病弱っぽいところはない。遅刻以外はちゃんと登校してくるし、体育の授業にもきっちり参加している。

病弱だなんて……それこそ、尾鰭だったのだ。

ナツが流した噂ではないが、真に受けていたことは確かだ。ナツはなんとなく反省した。

「えーっと、その、犬歯が伸びるっていうのは、見た目としては、たとえば、言い方が悪かったらゴメンなんだけど、吸血鬼の牙みたいになるの？」

「そう。まさに吸血鬼……」と呟くと、藍本さんは両の掌《てのひら》で顔を覆って「あー」と俯いてしまった。「恥ずかしい」

「べ、別に恥ずかしいことでもないと思うけど」

ナツは、牙の生えた藍本さんを想像してみた。

藍本さんは美人だから、見ようによってはカッコイイかもしれない。

「えーやだよやだよ。牙なんて」

藍本さんは、本当にものすごくいやそうな顔でかぶりを振る。

コンプレックスの重さなんて、ひとそれぞれだし、本人にしかわからないものなのだろう。

「邪魔なだけだよ、ホントに。口の中にすごい刺さるし。ごはん食べるときも食べ物引っかかるし。見た目なんとなく怖いし。削るのだって毎回毎回ホント大変だし怖いし……だ、だから私、この歯がホントにいやで。ひとに見られるのも、いやで……だって、」

藍本さんは俯いた。

悔しげに。あるいは、哀《かな》しげに。

「やっぱり目立つみたいなんだよね、牙って。しゃべりながら歩いたりすると、全然知らないひとにじろじろ見られたり、すれ違ったひとに振り返られたり……ただの被害妄想って思われるかもしれないけど……でもホントにそう見えるの。目が合うんだもの」

……いや、それは、

牙があるからとかじゃなく、単純に、藍本さんが美人だからつい見ちゃったり振り返っちゃっただけなんじゃないかなー。

と思うものの。

それを今ここで言うのは腰折り以外の何ものでもないような気がしたので、呑みこんだ。

「見られたくなくて、でも、犬歯なんて、こんな場所、しゃべったり笑ったりしたら、それだけで見えちゃうでしょ。見せないようにしようとすると、どうしても無口になってしまって……だから、うまくひととしゃべれなくて。そのせいで、友達とか作るのも、苦手になっちゃって……せっかく高校に入ったのに。この症状が出る前は、普通にしゃべったり、笑ったり……してたはずなんだけど」

藍本あざみは——

独特の雰囲気を持つ女子だ。

物静かで、いつもひとり。

誰かと楽しげにしゃべっている姿はあまり見られず、たとえ話しかけられても、必要最低限の言葉で返す。

彼女が大きく口を開けたり表情を崩したりするところを誰も見たことがない。

それはまるで、感情がないかのように、見えてしまっていた……

そういうことだったのか、とナツは得心した。

彼女は、鋭い牙を見せたくないだけだったのだ。

「悩んでたんだね」

ナツはしみじみと言った。

藍本さんは泣き顔のような顔で微笑んだ。

「……きのう、みんなで神社に行って、お参りして……それだけなんだけど、とても楽しかったんだ。やっぱりみんなで何かをするのっていいなって思った。牙を見られたくないっていう、見栄っ張りな気持ちひとつだけでひとを遠ざけるのって、なんだかすごくもったいないような気がして」

「そっか」

「だから、今日からちょっと頑張ってみようかなって……思います」

きのうの神社の洗顔占いは、やはり結構当たるのかもしれない。

だって、藍本さんの引いた「ヘビさまのオ・ツ・ゲ」には、こう書かれていた。

変化のチャンスはいつでもすぐそばにあるんだヨ☆
おもいきって踏み出してみて！

そのとき、予鈴が鳴った。

クラスメイトが続々と教室に入ってきて、慌ただしく自分の席に座っていく。

それなのに、オコノギくんはまだ姿を現さなかった。

ナツはここで初めて「あれ？」と首をかしげた。
オコノギくんは、これまで、遅刻したことなどなかったはずだが……
ナツの胸に不安が萌《きざ》す。
やがて、扉をガラリと開けて、担任の大高《おおたか》先生が入ってきた。
クラスメイトはほぼ全員席に着いている。
オコノギくんだけ、まだ来ていない……
ナツはひそかに冷や汗をかき始めていた。
そして。
クラスの出席を取り終えた大高先生が、一言。
「小此木は、体調不良のため、欠席な」

えっ？

4話

人魚は写真にうつらない（後編）

「ごはん一緒に食べてもいいですか！」

お弁当箱を抱えた藍本《あいもと》さんが、大きすぎるくらいの声で言った。

四限目終了直後、昼休み。一年一組の教室の片隅にて。

丸山《まるやま》さんはぽかんとしていた。まさか〈孤高の人〉藍本あざみが、突然こんなことを言いだすとは思っていなかったのだろう。それでも丸山さんは「どっどうぞ」と言ってくれた。

こうして、藍本あざみと萩山奈津《はぎやまなつ》と丸山みやびの三人は、同じ机で昼食をとることとなった。

頬《ほお》をほんのり染めた藍本さんは、ホッとした様子で着席した。「ありがとう……あの、よろしくね。こいついきなり来てなんなんだよってカンジかもしれないけど」

「そ、そんなふうには思わないよ、たしかに驚きはしたけど。よろしく」

ナツも胸を撫で下ろしていた。マルちゃんはサバサバしているから、きっと藍本さんのことも受け容れてくれると思っていた。

そんなナツの本日の昼食は、六枚切りの食パン一袋である。

三人のあいだでまず出た話題は、来週から始まる前期の中間試験について。

入学して以降初めての大きな学力試験だ。各教科の範囲は冗談みたいに広いし、復習とプレッシャーでみんなすでに辟易《へきえき》していた。

「古文の試験範囲、今日授業でやったところまでとか、ひどいよね」

「ねー、死にそう」

「ナ行変格活用」

「死ぬ去ぬ」

「な・に・ぬ・ぬる・ぬれ・ね」

「ラ行変格活用は？」

「ありをりはべりいますがり」

「ら・り・り・る・れ・れ」

「呪文だよねー」

「あ、そういえば……」と、藍本さんがお弁当を食べる手を止め、心配そうな顔で言った。「オコノギくん、今日お休みだけど」

「ああ、うん」

「もしかして、きのうのイリエさん捜索のせい、とか……」

「そんなあ。そんなことないよ」

「そうかな」

うんうん、と頷きながらナツは食パンを噛み締める。

藍本さんが気に病むことは何もない。

何もない、が。

それにしても、困った。


困ったときのエリオット、だ。

昼食を食べ終わったあと、ナツは生物準備室に向かった。

しかし、エリオットはいなかった。姿の見えない小動物たちが飼育ケースの中でカサコソ蠢《うごめ》く気配がするばかり。

おかしいな、と思いつつ三号棟をあちこちさがしてみるが、どこにもいない。

以前エリオットが（オコノギくん観察のため）陣取っていた外付け階段の踊り場もチェックしてみたが、やはりいなかった。やみくもにさがしても埒《らち》が明かない。もう昼休みも終わりそうだし、諦めて教室に戻ろう——と階段を降りていたら、二階と一階のあいだで、飴色の髪の後ろ姿を捕捉した。

慌てて追いかけ、呼び止める。

エリオットは、この昼休み、図書室で調べ物をしていたという。

「調べ物って？」

「まあいろいろとな」

「ふうん――ねえ。今日オコノギくん休みだね」

それでエリオットはナツが何を言わんとしているのか大体察したらしい。「ああ」

と、すんなり頷いた。「きのうおかしいところは何もなかったよな」

「うん」

「透明人間イリエさんの呪《のろ》いってわけでもなかろうし」

「……うん」

「何かあるとしたら帰りに俺と別れてからだが」

「う、ん？」

エリオットはナツをじろりと見据えた。「何かあったか？」

「な、何もないっす」

「ホントかよ」

「ホントホント」

「ふん」と鼻を鳴らしてエリオットは歩きだした。

ナツもそれに続く。

……ホントのホントは、何もなくはなかった。

嘘をつくのは気が引ける。

でも、オコノギくんとの約束だから。

中央棟と教室棟を結ぶ渡り廊下には、いつの間にやら、うじゃがたくさん集《たか》っていた。足の踏み場を見つけるのがやっとなほどに。日陰があるせいだろう。

「うへえ」

ナツとエリオット以外の他の生徒も、これを目の当たりにすると「うへえ」と嘆息していた。誰かが「線香焚《た》いとけよなあ」と愚痴る。

だがここを通らなければ教室に辿り着けない。

うじゃを踏まないよう大股《おおまた》で歩きながら、エリオットが横目を向けてきた。「おまえ何かしたんじゃないだろうな」

スカートを押さえつつこちらも大股で歩くナツは「私が？　オコノギくんに？」と目を丸くした。「なにそれ、なんで？」

「だってなんかすごい怪力だし」

「怪力？」

「この前オコノギを片手で抱えてプールあがっただろうがよ」

「？　そんなの別に怪力じゃないよ」

「……」

「ていうか女の子に向かって怪力とは超失礼」

エリオットは眼鏡の位置を微調整した。「まあいい」

ふたりとも、うじゃを踏みつけることなく、教室棟に辿り着くことができた。

「それで、おまえはどうしたい」

「へ」

「オコノギくん心配だよね〜、ね〜、って言い合うだけならそのへんの女子とでもできるだろ。俺に話を持ちかけたってことは何かしたいんじゃないのか。したいことがあるなら具体的に言え」

言い方がえらそうなのはいつものことだ。もはや腹も立たない。それに、エリオットはこちらを突き放しているわけではない。むしろ協力的と言っていい。だからこそナツも彼を頼るのだ。

したいこと、したいこと、具体的に……

ナツは必死で考えを巡らす。

歩みの速いエリオットに置いていかれないよう、精一杯のスピードで歩きながら。

オコノギくんの無事を確認したい。というのが率直な希望だが、そんな率直すぎる言い方したらなんだか意味深になってしまうので——

「お見舞いに行きたい……かな」

ちょうどそこでエリオットとナツは一年一組の教室に辿り着いた。

エリオットは「はあ、お見舞いねえ」と気のない反応。一番廊下側の列の、自分の席にまっすぐ向かい、さっさと座ってしまう。

「うん。今日は金曜だから、今日会っとかないと、次オコノギくんに会えるのは、早くても月曜になっちゃうし。それに、もしきのうの件が関係してるなら、私たちは知らんぷりできないし。関係してないのならそれはそれで、確認しとけば安心だし……あ、でも私オコノギくんの家どこか知らないや」

「俺は知ってる」

「やったね！　さすが人魚ストーカー」

「協力しねえぞ」

と、そこへ。

「話はすべて聞かせてもらった！」

無駄に元気よく割って入ってきたのは、豊田《とよだ》勝利《かつとし》。

それと、

「すべてじゃないよ。はあ、お見舞いねえ、ってとこからしか聞いてません」とフォロー を入れる早川《はやかわ》嘉一郎《かいちろう》。

ふたりで、ナツを挟むように立つ。

エリオットの席を、豊田、ナツ、早川が囲むような形になった。

「お見舞いって、オコノギのお見舞いだろ？　俺たちも行くずぇー」

三人に見下ろされるエリオットは、鬱陶《うっとう》しそうに顔をしかめた。「興味本位のヤツに参加されても、俺たちもオコノギも迷惑なんだがな」

「興味本位じゃねーよ。心配してんだよ」

「そういう話なら、俺も行く」と新たに名乗りをあげたのは、十河《とがわ》唯《ゆい》。

彼はエリオットの隣の席なのである。

（十河唯は、きのうオコノギのイリエさん捜索を止めなかったことを後悔しているわけではなかったが、なんだかんだで気にはしていたから、今日オコノギが休んだこと

もない)
を、彼なりに心配していたのである。また、各部活動は試験休みに入るので、野球部
そして。
「あ、あの」
エリオットの背後に立ったのは、すらりと背の高い女子——きのうから、従来のイ
メージを覆すような行動をとり続けている、藍本あざみさんである。
「私も、行っていい、かな。やっぱり心配で……きのうイリエさんのこと言いだした
の、私だし……せ、せめてお見舞いだけでも」
あっという間に六人になってしまった。
これでは、イリエさんの話も、水眠症の話もできないかな。
ナツとしてはちょっと惜しい気もするが、でも今は、オコノギくんの無事を確認す
るのが最優先だ。
それに、私ひとりで訪ねるよりも、ワイワイ賑《にぎ》やかに行ったほうがオコノギくんは
喜ぶだろう——
「うん、みんなで行こう!」
さすがのエリオットも「勝手にすれば」と匙《さじ》を投げた。

というわけで、放課後。

ナツと飯塚エリオット、豊田勝利、早川嘉一郎、十河唯、そして藍本あざみの六人は生徒玄関前に揃《そろ》った。

「こうして見ると、結構な人数だな」と十河唯が首を捻《ひね》る。

エリオットが遠慮なく言う。「いきなり大勢で押しかけたら逆に迷惑だろ」

「迷惑そうなら、見舞いの品だけ置いて帰りゃいいじゃん」と能天気な豊田勝利。

「代表者ひとりが顔見せに行くってのでもいいしね。この場合は、言いだしっぺの萩山さんとか？　女子が行ったほうが、オコノギも嬉しいかもしれないし」と、早川嘉一郎がイケメンならではのことを言う。「いくらでもやりようはあるさ。その場その場で決めよう」

じゃああそんな感じで、ということで出発。

途中でドラッグストアに寄り、差し入れとして、ペットボトル飲料とお菓子をいくつか購入。ついでに、中間試験の範囲である今日分の古文の授業ノートも、コピーして持っていってあげることにした。この六人の中でもっともノートの取り方が美しいのは、意外にも豊田勝利であったため、彼のノートをコピー機にかける。

そうして一行は海方面に向かって歩きだした。

ナツはふと思い出した。やさぐれて、海に向かってバカヤローしていたとき、たまたま鉢合わせたオコノギくんが「ホームステイ先がこの近く」と防風林の一角を指差したこと——

クロマツの林の中に、その家は忽然《こつぜん》と建っていた。

結構、大きい家だった。その気になればちょっとした民宿など営めそうだ。全体的なデザインは洋風っぽいけれど、細部や建材は和風っぽい。煉瓦《れんが》色の瓦《かわら》屋根に墨色の外壁。かなり古そうな造りだ。二階建てだが、ひょっとしたら屋根裏部屋なんかがあるかもしれない。

横手に、軽自動車が一台、停《と》まっている。

それと、自転車が何台か。オコノギくんのもあるのだろうか。

にしても本当に海が近い。場所によっては木と木のあいだから砂浜が見えるし、もちろん白波をあげる海も見える。アザラシが寝そべっている姿さえ確認できる。耳を澄ませば波の音が聞こえる。

風が絶え間ない。屋根の上の白い風見鶏がくるくる回っている。

濃い松の香りとささやかな鳥の囀《さえず》りの中、六人は、古色蒼然とした構えの玄関扉の前に立った。

ナツが代表して、扉の脇のチャイムを押す。

キンコン。

澄んだ軽めの音がした。

反応がない。

もう一度押してみる。

キンコン。

大きな家屋にチャイムの音がうつろに響いて、消える。

十河唯が眉を曇らす。「いないのか」

「もう一回」とエリオット。

ナツはチャイムを押す指に力をこめた。

キンコン。

と鳴り終わる前に扉が開いて、隙間から男が顔を見せた。

「わあ」

全員、息を呑《の》んだ。

男は眠たげな半眼で若い来客たちを見回した。

不精ヒゲの目立つ、無気力そうな男だった。だらっと伸びた髪に、だらっとしたシャツ。ぴしっとすればそれなりに見映えしそうな顔立ちなのに、すべてがだらっとしているのでいろいろと残念だ。

ナツは大人の男のひとの年齢を判断するのが苦手だが、とりあえず三十代くらいに見えた。二十代ではないように思う。しかし、三十代男性なら必然的に持っているはずの大人らしさがあまり感じられないので、微妙に年齢不詳。

男は「あー……」と手の甲で目をこすった。

「知らんガキが、いっぱい見える。おかしいな。酒はやめたのに」

なんだか薄ら寒くなる発言だ。

来客たちは少なからず怯《ひる》んだ。

豊田勝利がおっかなびっくり訊《き》いた。「善《ぜん》くんいますか」

「善？」

「人魚の」

「いるけど。何、おまえら、もしかして、人魚を崇《あが》める系の団体？　だったら帰ってくれる。うちの人魚は普通の人魚なんで」

そう言って、扉を閉めようとする。

ナツたちは慌てて止めた。「ちち違います」「俺たちクラスメイトです」

「あ？」

「クラスメイトです。お見舞いに来たんです。善くん今日休んだから」

謎の男は顔をしかめるほどに目を細め、首をかしげた。

不安になるリアクション……

一同は息を詰めて男の挙動を見守った。

そして男は実にのろのろとした動きで、シャツの胸ポケットからリムレスの眼鏡を取りだした。視力が悪いのなら始めからかけておけばいいものを、ここでようやく装着。来客を改めて見回し「あー、シロ高の制服……」と、今さらなことを言う。

「はあ、なるほど、そうか、すまんね。みんな同じような服着てるから、自前で制服とか揃えちゃってるイタいヤツらかと思った。じゃ、あがって」

あっさりしたものだ。

「あのー、六人もいるんですけど全員入って大丈夫でしょうか」と早川嘉一郎。

男は首をかしげた。「なんでダメなの。入れば」

よかった。

というわけで、ナツたちは全員、小此木《おこのぎ》邸に足を踏み入れた。

「……おじゃましまーす」

気密性の高い造りなのか、扉を閉めると海の音も林の音もほとんど消えた。だらだらとかったるそうに歩く謎の男のあとについて、ひんやりしたチョコレート色の廊下を、ぞろぞろ進む。

「あの、」ナツは思いきって訊いた。「善くん、かなり悪いんですか」

「いや心配するほどでもないいんじゃない。声聞く分には普段と変わらんし」

それを聞いて、ほっと胸を撫で下ろす。「そうですか」

でも、じゃあ、なぜ休んだのだろう？

「人魚保護協会に連絡は？」とエリオット。

「その必要はないって本人が言うんでしてない」

続けて豊田勝利も尋ねる。「人魚を崇める系の団体のひと、よく来るんすか」

「いや全然」

「なんだ」

「でも気をつけろとは言われてる」

角を曲がると、縁側《えんがわ》のような廊下に出た。大きな窓から外の光がたっぷり入るので明るい。ここは家の裏手に当たるのだろう。ガラスの外には物寂しい松林が延々と続いている。

ガラスがときどきピシピシ鳴るのは、やはり海風が強いからか。

密集していると黒っぽく見える松の木のところどころに、真っ白なうじゃがとまっているのが見える。まるで季節はずれの雪が降り積もっているようだ。

そして男は突き当たりの扉を指差した。

「あれが善の部屋。善は寝てるかも。ま、テキトーにやって。帰るときは黙って帰ってくれ。俺に声かけなくていいんで。俺これから寝るんで」

そう言って男は立ち去った。「ふぁうあう」と、でかいあくびをしながら。

平日の午後ですけど……

ナツたちは彼の背をヒヤヒヤしながら見守った。

カチッ

クリック音だ。

とナツが気づいたときには、扉の向こうからオコノギくんの声がしていた。

「早川と豊田とエリオットと十河とハギヤマさんと藍本さん」

完璧な答えだった。

まるで目で確認したかのようだ。扉は閉まっているのに。

ナツはこのとき初めて反響定位の実際というものを目の当たりにした気がした。

知ってか知らずか豊田勝利は「おっ、せいかーい」と能天気。「よー、オコノギ。見舞いに来たぜえー」

「見舞い？」

「そうそう。みんなオコノギが心配なのさ。菓子とか飲みもんとか、差し入れもたっぷりあるぞう。オコノギの好きなヤツ買ってきたった」と、手にさげたドラッグストアのレジ袋をシャラシャラ鳴らしてみせる。

「オコノギ、体調どうよ」と十河唯。「うるさいのダメなら帰るけど」

「ああ、いや、体調は大丈夫」と答える声は、たしかに普段と変わりない。どちらかといえば、元気そうですらある。

「ならいいんだけど」

「でも、そうかあ。お見舞い……」扉の向こうから「ふふふ」と笑う気配。「お見舞い来てもらうの初めてだ」

嬉しそうだ。

お見舞いしに来た方にも笑顔が広がる。

「そりゃおまえ、学校休むの初めてだもんな」

「だね」

うふふ。あはは。

和《なご》やかな雰囲気。

が。

扉は開かれなかった。

来客六人は、オコノギくんの部屋の扉の前で所在無く立ち尽くすばかり。

沈黙に耐えかねたらしい藍本さんがソワソワし始める。

エリオットが眼鏡の位置を微調整する。

十河唯が気まずげに咳払《せきばら》いする。

「……あのー」早川嘉一郎が、改めて扉をノックしてみる。「開けてくんねーの？」

「えーっと、」とオコノギくんは口ごもり、「……ごめん。ちょっと、開けらんない」

「どうして」「もしかして、うつる病気？」

「いや、そういうわけではないんだけど」

「じゃあどうして」

「俺いま体がちょっとおかしくなってて」

「からだ？」

「お見せできるような状態ではなく」

なんのこっちゃ、とみんな首をかしげたが。

エリオットだけは表情を強張《こわば》らせた。「まさか、擬態に支障が出てるのか」

扉の向こうでオコノギくんは「いや、そういうわけでも」と言うが。

「ちょっと見せろ」エリオットは扉に手をかけた。

「わあちょっと」オコノギくんが焦る気配。珍しい。

ナツもここでハッと気づいた。

以前もこんなふうにオコノギくんがひどく焦ったことがあった。自習時間中、オコノギくんがうっかり鰭《ひれ》を出してしまったとき。もしかしたら今まさに同じようなことが起こっているのかもしれない。オコノギくんは「鰭が出るとか、あまり褒められたことではないので、ここだけの話にしておいてもらえると助かる」と言っていた。だったら扉は開けないほうがいいのでは——と。

「待ちな」エリオットの肩を摑《つか》んで止めたのは、豊田勝利。「野暮だぜ」

「ああ？」

「男にだって、他人に見られたくないときは、あるはずだ。それを女々しいと言うなかれ。己の意志だけではどうにもならないこともある。この意味、おまえにもわかるはずだぜ、男なら……おまけに、ここには女子が、萩山さんと藍本さんがいるんだ。オコノギに恥をかかせちゃいけねえ」

「何言ってんだおまえ」

　エリオットは豊田勝利にきわめて冷ややかな目を向けた。

ナツも黙っていられなかった。「そうだよ、やめなよエリオット」

オコノギくんは、鰭を見られることをとても恥ずかしがっていた。もし、いま鰭が出ている状態なら、こんな大人数の目には晒《さら》したくないはずだ。

　豊田勝利と早川嘉一郎はやんややんやとナツを支持する。「おお、萩山さん、わかってらっしゃる」「女神や」

（男性陣の中で唯一黙っていた十河唯は、おそらくこの三者の会話はまったく嚙み合っていないのだろうな、と思ったが、なんだかこのまま放っとけばいい具合に収まる気がしたので、やっぱり黙っていた）

結局、扉は開けないままでいいじゃん、ということになった。

エリオットが折れた形だ。

扉の向こうでオコノギくんが申し訳なさそうに言う。「悪いね。せっかく来てもらったのに」

「気にすんな」「まあ俺らも急に来たわけだし」「そうそう」

「あ、じゃあ、ちょっと待っててよ」

直後。

ずっ　ずる　ずずず

オコノギくんが移動する気配に合わせて、長いものを引きずるような音。

なんの音かは不明。

気になる。とても。

しかしみんな（特にエリオットは）ぐぐぐと呑みこんで、この件についてはあえて触れなかった。

気になるけれども……

しばらく無言で待っていると、扉が細く開かれた。

「これ使って」

扉の隙間から、人数分の座布団が次々と差し出された。どこからか持ってきたらしい。それと、紙コップも。六枚の座布団が並べられるあいだに、ナツと藍本さんとで、紙コップ七つに持参のペットボトルのお茶を注ぐ。

ナツは扉をノックした。「オコノギくんも、お茶、よかったら。お菓子も」

「お。ありがとう」

また扉が細く開けられ、オコノギくんが腕を差し出した。

学校のジャージを着ている。

あの色、あの生地。ほとんど毎日見ているから、見紛《みまが》うことはない。城兼《しろかね》高校指定のあずき色ジャージだ……

オコノギくんは、普段、家で学校のジャージ着てるのかな？　まあ、楽だもんね、学校のジャージは。

と、ナツはあまり深く考えなかった。

こうして、お見舞いに来た六人は、オコノギくんの部屋の扉を前にして半円状に座り、扉に向かって話す形になった。

客観的に見ればおかしな図であったろう。

しかしこれがこの場でのベストなフォーメーションなのだった。

口火を切ったのはエリオット。「おい、オコノギ」

「うん？」

「おまえのホストファミリー大丈夫なのか」

「大丈夫なのかって？　標《ひょう》さん？」

「ひょうさん、っていうんだ」とナツ。

「うん。小此木標さん。ここの世帯主」

「何してるひとなの？　お仕事とか」

「とりあえず、翻訳家」

場が一瞬ザワッとした。

翻訳家！……

「な、なんだか素敵だね……」「ねー、カッコイイよね」「そう言われてみればあの浮世離れした佇《たたず》まいもしっくり来るような」「何語を翻訳してるんだ？」

「それが、知らないんだよねえ」

「……」

「ていうか仕事してるところも見たことない。自称翻訳家だね、あはは」

とオコノギくんはのんきに笑うが笑い事ではない。

エリオットが呻《うめ》くように言った。「まさか人魚受け入れ世帯への給付金だけで生活してるとかじゃねーだろうな」

「もちろん違う。家賃収入が結構あるんだって。標さんは何もしてないけど、標さんの亡くなったお父さんが賃貸物件いくつか持ってたらしくて、それをそのまま標さんが継いだとかなんとか。管理してるのは管理会社だけど」

「えっ、じゃあ」と豊田勝利。「標さんは何もしてないわけか」

「してないね。外出するところもあんまり見ないね」

「……」

「おまえさ」と、またしても渋い顔のエリオット。「ファミリーネームからして彼と養子縁組してるんだろうが、不当な扱いをされたら、ちゃんと人魚保護協会の担当官に申告するんだぞ。おまえにはその権利がある」

「標さんはいいひとだよ。大人としてはまるでダメだけど」

「……」

「そりゃまあ、そのへんたしかに心配なところではあるけども」と早川嘉一郎。「それなりに安定してるんだろうし、だからこそ自称翻訳家なんて悠長な生活できるんだろうし、それにこんな立派な家もあるんだ。問題がないなら、これ以上ツッコむのは大きなお世話ってもんだぜ」

「心配してんだよなーエリオット」と豊田勝利がエリオットの肩を気安く叩く。

「ああ？　俺は別に一般的なことを言ってるだけで」

「はいはい。まあ、オコノギがいいんなら、いいじゃん」と、ざっくりまとめた十河唯が自分の鞄の中をあさり始める。「オコノギ。今日配られたプリントと、古文の授業のノートのコピー、持ってきたから。ここ置いとくぞ」

「俺のノートのコピーだぞ」と胸を張る豊田勝利。

「うへーありがとう」

「わかってると思うけど月曜から中間だからな。試験の時間割で来いよ」

「うん」オコノギくんは溜め息をついた。「大きい試験は初めてだ」

「まあ俺らも高校の中間は初めてなんだけどさ」

そのあとはやっぱり中間試験の話題になった。

どこがヤマだとか。部活の先輩に聞いた試験勉強の裏技だとか。あの先生の性格からしてアレは確実に出題されるだろう、だとか。

そうしてしばらく話は弾み、持参した袋菓子のひとつが尽きたところで「そろそろ帰るか」ということになった。

「オコノギ。月曜はちゃんと来れそうか？」

「うん。今日一日休めば大丈夫なんで」

「そうか」「しっかり勉強しとけよオコノギー」「おまえもな」「じゃあ、またね、オコノギくん」

「うん」

扉の向こうでオコノギくんが微笑《ほほえ》む気配。

「みんな今日はありがとう」


帰るときは黙って帰れ、と世帯主に言われたので、六人はそのまま玄関に直行した。ローファーを履きながら、ナツは、考えるでもなく考える。

わかっていたことではあるが、やはり、オコノギくんと一対一で話すチャンスはなかった。試験勉強に追われる土日に突入する前に、いろいろ確認して、スッキリしておきたかったのだが。一応、イリエさんの姿を激写した一眼も、鞄に入れて持ってきていたし。

ちょっと残念。

しかし、今回はオコノギくんの無事な声を聞けただけでもよしとしよう。

……無事な姿を見ることはできなかったが。

陽はすっかり傾いて、松林は夕陽の茜色と影の黒に染まっていた。

風も心なしか冷えてきたようだ。

「久々にアザラシを観察したい」と言いだしたエリオットと、それに便乗した豊田・早川コンビは、海岸へ。女子ふたりと「帰って試験勉強したい」と言う十河唯は、帰宅コースへ。二手に別れて、解散となった。

このあたりは建物がほとんどないのでひと気もなく、街灯もまばら。西日がたっぷり射す今くらいの時間でも、充分に物寂しい道だった。陽が落ちきってしまえば、本当に真っ暗になる。男子がひとりでもついてきてくれたのは、心強いことだった。

「萩山さんは、飯塚くんと、仲、いいの？」

藍本さんがふと思いついたように訊いてきた。

ナツは「うーん」と首をかしげた。「仲いいってほどでもないよ」

「でも、エリオットって、呼んでるし」

「ああ、それ、本人がそう呼べっていうから。なんかね、同級生に飯塚くんって呼ばれるの、いやなんだって」

「そうそう。だから男子もみんなエリオットって呼んでるだろ」と十河唯。

「え、そ、そうなんだ。じゃあ私も飯塚くんって呼ばないほうがいいのかな……あ、でも、ほとんど話したことないのにいきなりエリオットって呼ぶのも、変？」

「いやー、変とは思わないだろ、エリオットだし」

「そうだよ。私もほぼ初対面のときに飯塚くんって呼ぶのやめろって言われたし」

「そ、そっか……」

そのときナツは、視界の片隅で動くものを捉えた。

松の林のあいだに見え隠れする、あずき色の上下。

城兼高校指定のジャージだ。

ナツは思わず足を止めた。

……オコノギくん？

そうだ。

きっとオコノギくんだ。

だってオコノギくんは、さっき、自宅で、あのジャージを着用していた。腕の一部しか見えなかったけれど、たしかにあれは学校のジャージだった。他の城兼高校の生徒がこんなところまであずき色ジャージで来るとも思えないし、あの人影はオコノギくんに違いない。

追いかけてきたのだろうか？　それならなぜ声をかけてくれないのか……ああ、そうか。今は人前に姿を晒せないのだ。そうだった。声をかけたくてもかけられないんだ。それに、イリエさんのことや水眠症のことは、どうも他のひとには聞かれたくないようだし。

まったく、私ったら、なんでもっと早く気づけなかったんだろう。

ナツは己の至らなさを恥じ、もはや居ても立ってもいられなくなった。

「──あのっ、私、」

十河唯と藍本さんは驚いてナツを顧みた。

「えっと、その……私、忘れ物したかも。ふたりとも、先に帰ってて」

早口にそう言って、パッときびすを返す。

「ええっ、ちょっと」「萩山さん⁉」

ふたりが止める声も聞かず、ナツは来た道を走って戻った。

途中から道を外れ、松林の中に入る。

こちらの方角にオコノギくんの影を見たような気がしたのだ。あんまり奥のほうへ入りこむと迷子になりそうだから、こまめに立ち止まって確認する。道のある方角と小此木邸の方角だけは、見失わないように。

そして、一際大きな松の木の陰に、見慣れたあずき色を発見した。

ナツはそちらに駆け寄った。

「オコノギくん」

するとあちらは、恥ずかしがるように、木の反対側に逃れてしまった。

やはり姿を見られたくないのか。

「待って。オコノギくん、私、私だよ。萩山」

追いかけっこをするように、木の裏に回ろうとし――

「ハギヤマさん」

少し離れたところから声をかけられた。

ナツはギクリと振り返った。

そこには、顔を強張らせたオコノギくんが、立っていた。

「……あれ？」

おかしい。
すると、ナツが今の今まで追いかけていたのは、
今、この木の裏側にいるのは、
誰？

ナツの顔からスーッと血の気が引いていった。

「……ハギヤマさん」

オコノギくんが、囁《ささや》くような、低く抑えた声で言う。

軽く手を差し出しながら。

「こっちへ来て」

ナツは目顔で頷き、そろりと木から離れた。

木の裏側には、もちろんまだ何者かの気配がある。

いつ動きだすとも知れない。

そうすることに今さらどれほどの意味があるのかナツ自身にもわからないものの、極力足音を立てないように進んだ。一歩一歩慎重に、しかしできるだけ素早く、足を

動かす。オコノギくんに向かって。余計なことを考えないように。怖いことを考えないように。

オコノギくんは――

どういうわけか、ジャージの上着を後ろ前に着ていた。ファスナーが背中に来るように。おかしな格好だ。しかも、どうやらファスナーは全開になっているようだ。その開いた背中から、何かが長く垂れている。

あれが噂の背鰭だろうか。

しかし、教室で目にしたときとは、かなり様子が違っていた。以前のアレは、わずかな空気の流れにのって浮くほどに薄く柔らかく、とんぼの翅《はね》のように透けていて、虹色の光沢を浮かびあがらせていた。夢のように綺麗だった。が、いま現在オコノギくんの背から生えているのは、もっと無骨なものだ。薄くもなく柔らかそうでもなく、透けてもいない。

扉の向こうでオコノギくんが動くたび、ズルズルと引きずるような音を立てていたのは、コレに違いない。

なるほど、あんな背鰭があるせいで、普通の服は着られないのだ。だから、あのジャージのように、前開きできる羽織り物を、後ろ前にして着ているのだ。ジャージは伸縮性もあるし、ちょうどいいのかもしれない――

パキッ

乾いた松の枝を踏み折った音。

踏み折ったのは、他ならぬナツ。

ほんの小さな音だったが、この状況下では轟《とどろ》くようだった。ナツは心臓が止まるかと思うほどに驚き、体を強張らせた。そして思わず振り返った。

木の陰から、あずき色のジャージがすっかり姿を現していた。

首がない。

イリエさん。

どうしてイリエさんが。

今日は雨降ってないのに！

イリエさんが、一歩、ナツに向かって踏みだした。前回はすぐさまきびすを返して逃げだしたのに、今回はいやに積極的だ。

ナツは反射的に一歩後退《あとずさ》った。

するとイリエさんはいきなりダダダッと駆け寄ってきて――

次の瞬間、グシャリと崩れた。

「……ひッ」

崩れたとしか言いようがなかった。それまで、首がないながらもそれなりに人間的なフォルムを保っていたものが、いきなり輪郭を失い、摑みどころのない不定形のものに――液体になってしまった。水桶《みずおけ》の底を抜いたような勢いで、イリエさんだった液体が地面に拡がる。ナツにも迫ってくる。

ナツはこれを啞然《あぜん》と見ているしかなかった。


そうか。わかった。

イリエさんは、透明人間なんかじゃない。

たしかに透明ではあるけれど、でも、これは……

水だ。

体が水でできていたんだ。

……水人間だ。

「ハギヤマさん！」

オコノギくんに腕を摑まれ、ぐんと引っ張られた。ナツはされるがまま二、三歩後退り、足をもつれさせて尻餅をついた——が、そのおかげで、液体となったイリエさんがかかることは避けられた。

ナツの腕を摑んだままオコノギくんは早口に言った。

「ハギヤマさんはイリエさんに触っちゃダメだ、イリエさんは濃度が高い」

「……え？　え？」

なんのことだかわからない。

イリエさんだった液体は、すでに土に滲《し》みこんでしまったのだろうか、拡がった量のわりに、周囲はさほど濡れていなかった。むしろ不自然なまでに乾いている。イリエと刺繡《ししゅう》の入ったあずき色のジャージだけが、ポイ捨てされたバナナの皮のような草臥《くたび》れぶりで、その場に残っていた。

これを見て、しかしオコノギくんは青褪《あおざ》めた。

顔を上げ、いつもの音を発する。

カチッ　カチッ　カチッ

反響定位。目では見えないものを見る、人魚ならではの技術。

そして、そのエコーから、オコノギくんは何かを見つけたらしい。

彼が息を呑んだのがナツにも伝わった。

オコノギくんの見ている方向を、ナツも見る。一見、何もないように見える。しかし、よくよく目を凝らすと、そこには、霧が、
いや、水蒸気？

とにかく何か白い煙のようなものが、うっすら浮かんでいた。結構な量だった。そして不自然だった。いつの間に、どうやって、どこから発生したのか。もちろん、うじゃ除《よ》けの線香の煙などではない。

オコノギくんが呻くように言った。「やるしかないか」

そして、それは響き渡った。

クリック音を百倍も大きくしたような、殴りつけるような一瞬の衝撃。

電気でも流れたみたいに空気が震えた。そのせいなのかなんなのか、周囲の草が突

風に吹きつけられたように一斉に同じ方向へ倒れた。林に潜んでいた黒っぽい鳥たちが一斉に飛び立ち、オコノギくんは崩れるように倒れた。

「オコノギくん！」

ナツは仰天し、オコノギくんを揺すった。

しかし、目を閉じたまま、ピクリともしない。

気絶しているようだ。

「どどうなってるの」

ナツは周囲を見回してみた。

もはや、あの怪しい煙はなかった。気配もない。

いないのだろうか。どこかへ行ってしまったのだろうか。

あの大音量のせいで？

心許《こころもと》ない残照の中、いまやシルエットになるばかりの松林が、冷たい海風になぶられて、蠕動《ぜんどう》するひとつの大きな生き物のように生々しく蠢いた。うるさいほどの松籟《しょうらい》が、いろんな方向からぞぞと押し寄せてくる。

言葉にならない恐怖が背中を駆けあがってきた。

ここにはいられない。

ナツは、意識のないオコノギくんを、背鰭ごと抱えあげた。

「ふんッ」

気合い一発立ちあがると、頭をからっぽにして、極力何も考えないようにして、小此木邸に向かって走った。無我夢中だった。


一方、その頃。


「This is how」

「このようにして」

「It is no use なになにing」

「なになにしても無駄である」

あまりしゃべったこともない女子と、しかもよりによって〈孤高の人〉とまで言われている、とっつきにくそうな女子トップランカー・藍本あざみと、なんの前触れもなく突然ふたりっきりにされた十河唯は、当初こそ「萩山どういうつもりじゃい！」と若干立腹していたが、いまや、試験範囲の問題を出し合いっこなどしたりして、仲良くほのぼのと歩いていた。

「not so much A as B」

「AというよりもむしろB」

「じゃあ同じ意味で他に」

「B rather than A」

「藍本、すげーな。全問正解だ」

藍本あざみは「うふふ」と控えめに笑う。「英語は得意です」


また一方、別の場所では。


「はー」

飯塚エリオット諒がうっとりと溜め息をついていた。

「シロカネアザラシの毛皮は綺麗だなー」

夕陽に染まる波打ち際。飯塚エリオットは巨大なアザラシの傍らに座りこみ、何十分も飽くことなくその寝顔を眺めていた。アザラシのほうは、人間の熱視線など気にもとめず、ぐうぐうのんきに眠っている。

豊田勝利と早川嘉一郎も、最初は同じようにアザラシを微笑ましく眺めていたのだが、そのうち飽きて、今は漂着物などをさがして遊んでいる。

彼らもまた至極平和な黄昏時を過ごしていた。

◆

玄関チャイムの連打で叩き起こされた小此木標が不機嫌度ＭＡＸで玄関扉を開け、そこに立っていた萩山奈津を目にしてまず発した一言。

「だっ……大丈夫？」

「えっ、私ですか？　私は大丈夫です。それよりオコノギくんが」

涙目で訴える彼女は、人魚の小此木善を、しっかりとお姫さま抱っこしていた。

この人魚、陸にあがって一年も経《た》っていないので、体格に体重が追いついておらず、まだ百八十キロ以上ある、はず、なのだが。

「最近の女の子って、逞《たくま》しいのな……まあ、じゃあ、とりあえず奥へ」

ナツは再び小此木邸にあがった。

標さんのあとについて、玄関からすぐの部屋に入る。六脚の椅子が並べられた大きなテーブルや、テレビやソファがあった。奥には台所らしきスペースも見える。この家のLDKなのだろう。外観と同じく、全体的なデザインは洋風っぽいけれど、細部や建材は和風っぽい部屋だった。焦茶色の柱とフローリング。クリーム色の壁。夕陽の色に似た控えめな照明。

ナツは、オコノギくんをそっとソファに下ろした。背鰭がどうしても邪魔になるので、横寝にして、ソファの背に向き合うように。

背鰭はフローリングの床に長々と垂れた——やはり、長い。運んでいるときちょっと地面に引きずってしまったくらいだ。ぐにゃんと曲がるのでどうやら硬骨は入っていない様子。触感は、人間の皮膚とはまったく違う。なんだかもっとタイヤっぽい感じだ。これが人魚の皮膚なのだろうか。こんなものが人間の背中にどういうふうにくっついているのだろう。つなぎ目はちょうどジャージがかぶさってしまっているので見えない。見たいような気もするが、見るのは失礼なことのような気もする。

「君も座って」と、標さんがひとり掛けのソファを勧めてくれる。

臙脂《えんじ》色のシンプルなソファだ。

ナツは遠慮なく座らせてもらうことにした。かなり疲労感があった。

標さんは、オコノギくんの状態を診《み》ながら訊いた。「何があった？」

「ええっと……ええと、いろいろあって、その、いろいろ見えたので、それでオコノギくんとすぐそこでたまたま会って、それからいろいろあって、ええっと」

「とりあえず、善が倒れた理由だけ抽出してくれる」

「えーっと、えっと、あの、なんだか、おっきいクリック音みたいのがして、そしたらオコノギくんが倒れました」

　標さんは顔をしかめた。「マジかよ」

「え、何、なんですか。オコノギくん、どうして倒れたんですか」

「君の言うまんま。おっきいクリック音、のせい」

「え？」

「それって、なんつーか、人魚の飛び道具なんだわ。奥の手っつーか。最終手段？　反響定位に使う音波を、限界まで出力あげて、標的に一点集中してぶつけりゃ、超音波ぶつけるわけだから、相手だってタダじゃ済まないわけよ。わかる？　ダメージを与えることができなくても、大抵の動物はビックリして逃げるし――」

　標さんは深い溜め息を吐くと、そのへんに置いてあったマグカップを掴み、部屋の隅の大きなウォーターサーバーに突っこんだ。「君も飲むか？　普通の水だけど」と訊かれたので「じゃあ、はい、少し」と頷く。

そういえば、喉が渇いていた。

結構、かなり、カラカラに。

「――でも、これって、捨て身の攻撃でもあるんだよな。なんせ、発したのとほとんど同じものがエコーとして自分にも跳ね返ってくるわけだから。相当な衝撃だと思うぜ。人魚のゴツい体ならともかく、人間の貧弱な体じゃ耐えられなかったんだろう。脳震盪《のうしんとう》も起こすってもんだ」

青いガラスのコップに満たされた水を、ナツに手渡す。

ナツはお礼を言ってこれを受け取った。

そこでナツはふと気づいた。

標さんは全体的にだらっとした雰囲気なので、引きずるような歩き方もまた彼の個性の一部のように映るのだが、よくよく見ると、これは別にわざとそういう歩き方をしているのではなく、体のどこかに動かしにくいところがあるから、やむを得ずそうなってしまうのだ――ということに。

足かどこかを悪くしているのかもしれない。

歩いたり、普通に日常生活を送る分には、特に問題なさそうだが。

水をぐいぐい飲んだ標さんは、苦いものでも呑んだような顔をした。「しかし、人間に擬態した人魚がこのワザ使うなんて、聞いたことねえわ。自然界でも稀《まれ》なのに。ホント、何があった？　変質者でも出たか？　このへんはそういうの出るはずないんだが」

「えっと、うーん、ひと……というか」

どこまで話していいのかわからない。

話しても、大人に信じてもらえるかどうか。

標さんは、大人らしくない大人だけども。

そもそも、当人のナツでさえ、何が起こったか理解しきれていないのだ。

要領を得ないナツの返答に、標さんはあっさり見切りをつけたようだ。「まあ、本人に訊くのが一番早そうだな」と、からになったマグカップをテーブルに置き、腕組みする。「しかし、こりゃ、当分目ェ覚まさんぜ……えーっと、君、名前は」

「萩山です」

「萩山さん。今日はもう遅いから帰んな。送ってやるから」

「え、でも」

「善なら心配ねえよ。ちょっと脳揺すられただけなんだから」

「でも、ひとりにしておくのは」

「いても何もできねえしなあ。安静にさせとくのが一番なんで」

そうですかと納得して立ち去れるほど、ナツは淡白ではなかった。

どうしても去りがたく、その場でもじもじしてしまう。

すると標さんは口の端で笑った。「善と話したい？」

「……はい」

そう。話したい。いろいろ問い詰めたい。

だって、あまりにも多くのことが起きすぎた。

疑問だらけだ。疑問しかない。

こんな心持ちでは、試験勉強どころではない。

「じゃあ、明日、朝早くに、学校行ってみ」

意外な言葉に、ナツは顔をあげた。「え？」

標さんは不精ヒゲが伸びた顎《あご》をさすりながら、昏々《こんこん》と眠り続けるオコノギくんを目で指した。「こいつ明日学校行くはずだから」

「でも、明日は土曜です。お休みです」

「こいつは行くよ」

「どうして……」

「部活動しなきゃだから」

「部？　……でも、今は、中間があるから部活動は」

試験期間中と試験前の数日間は、城兼高校で一番厳しいといわれる野球部でさえ休みになるのだ。明日、学校に行っても、生徒は誰もいないはず。

しかし標さんは「関係ない」とかぶりを振る。「こいつは明日、必ず学校に行く。特に、今日は行けなかったからな、尚更《なおさら》だ。見に行かないと、気が済まないはず。なんせ、それこそが、こいつが陸にあがった理由だから」

そう言って、ニヤリと笑う。

よくわからない。

わからないが……

ここは従うしかなさそうだ。


標さんが運転する軽自動車の助手席で、ナツはふと気づいた。

「オコノギくんは、クリック音を最大にして出力したら自分が倒れるってこと、知ってるんでしょうか」

運転手は苦笑する。「まあ知らないってことはないだろうな」

ナツは青褪める。「倒れたら逃げられないじゃないですか」

「そう、だから、逃げるためじゃなくて、逃がすためにってことでしょ」

「じゃあ、もしかして、オコノギくん、私を助けるために」

「そういうことになるわなあ」

「そんな」

「気に病むこたーない。善が自分で判断してやったことだ」

「……」

家の近くで降ろしてもらい、軽自動車のテールランプが去るのを見送る。

なんとも言えない疲れを覚えつつ、すっかり暗くなった道をひとり歩きながら、ふと思いあたる、新たな疑問。

……オコノギくんって、何部だっけ？

◆

休みなのだし私服を着ていってもおそらく誰にも咎《とが》められはしないのだろうが、ナツはなんとなく、制服に着替えてしまった。なんだかそうしないといけないような気がして。習慣だから仕方がない。

愛用の一眼を首からさげ、校門をくぐる。


土曜日、早朝。

今日もよく晴れていた。


ひとの気配のない学校というのは意味もなく緊張する。

ナツは体育館の裏に回り、幅一メートルくらいしかない小径《こみち》を進んだ。

このあたりは常緑低木が生い茂っていて、季節柄、緑が鮮やかなこともあり、木陰が濃い。やはり湿気が多いのか、そこかしこに真っ白なうじゃが潜んでいた。

ナツが足を止めたのは、体育館の犬走り。

この場所は、西日はよく当たるのだが、今の時間はしっかり陰になっていて、ところどころにうじゃが固まっている。

ここでコッペパンみたいな猫を発見し、撮ったのは、ほんの少し前のこと——

振り返る。

ナツから数歩離れたところに、オコノギくんが立っていた。学校指定のあずき色ジャージを着て、滑り止め付の軍手をはめ、いつもの笑顔を浮かべている。

よかった。

勘は当たっていたようだ。

ここに来れば会える気がしたのだ。

「おはよう」

今日は、ジャージの上着も後ろ前ではなく、ちゃんと着ていた。

背鰭は引っこんだようだ。

「おはよう」

「体は、大丈夫？」

「大丈夫だいじょーぶ」と軽く答えるオコノギくん。そんな彼の腰には、うじゃ除けの線香（携帯用）がぶらさがっている。薬草っぽい煙のにおいが、あたりに立ちこめていた。

「オコノギくん。きのうは、ありがとう」

「こっちこそ」

「え」

「俺を家まで連れてってくれた」

「そんなの……当たり前だよ」

「いやーなかなか大変なことだと思うんだけど」

「だってオコノギくんだって身を挺《てい》してあんな」

「それは気にしなくていいよ。俺が勝手にやったことだし。あの状況下で、触れもしないものへの対処法が、あれしか思いつかなかったから」

それでもなお言い募ろうとするナツを手で制し、オコノギくんはきびすを返した。

「こっち」

と、低木のあいだに分け入っていく——

が、ふと足を止め、いま一度振り返った。

「悪いけど猫は立入禁止」

オコノギくんの視線の先には、あの、コッペパンそっくりの猫がいた。物陰からこちらをじっと見ている。オコノギくんが「しッ」と牽制《けんせい》すると、コッペパンはあっという間に姿を消した。

それを見届けて、改めて木々のあいだを進んでいくオコノギくん。

ナツは慌ててそのあとを追った。

前を行く背中に尋ねる。

「イリエさんは、どうなったの？　消えちゃったけど……」

「うん、消えただけ。大きな音に驚いて逃げただけ」

「じゃあ、またそのうち現れる？」

自分で言って、怖くなった。

できればもう二度と鉢合わせしたくない。

「それはわからない」

「……」

「イリエさんが何を考えてるのか察するのは、難しいよ」

「イリエさんは……なんなの」

「なんだと思った？」

「……水？」

「そう。基本は水。だから、ほとんど雨の日しか行動しない。晴れてたり乾燥してたりする日だと、自分の意志とは関係なくガンガン蒸発しちゃうからね」

「でもきのうは雨降ってなかった」

「降ってはいなかったけど、あそこらへんは直射日光があたるわけではないし、乾燥してるわけでもない。居心地は悪くなかったんじゃないかな」

「はあ……」

「水だけでなく、あの水蒸気もイリエさんだったんだよ」

「へ？」

「あの場では液体よりも気体で動いたほうが有利だと判断して、咄嗟《とっさ》に変化したんだと思う。俺が音波ぶつけてくるとは思わなかったんだろうな」

「……」

「イリエさんは水蒸気にもなれるってことが、今回わかった。でも普段液体で行動してるってことは、やっぱり気体という状態では思うように動けなかったりするんだと思う。気流の影響受けまくりだし不安定だからね、気体は」

　オコノギくんは妙に納得しているようだが、ナツにはよくわからない話だった。

　とりあえず、訊きたいことだけ訊いてみる。

「どうして襲ってきたのかな」

「襲ってきたわけじゃない。ただ仲間を増やそうとしただけ。ハギヤマさんならなれるとわかったんだろう」

「仲間？」

「そう」

「どうして私が」

「水眠症だから」

「……どういうこと」

それ以上、この会話を続けることはできなかった。

周囲の低木が突然途切れ、視界が開けて、ナツは思わず「わあ」と歓声をあげてしまったから。

そこは、緑と土の園だった。

常緑低木に囲まれた、かなりゆとりのあるスペースに、ありとあらゆる緑が詰めこまれていた。様々な野菜が植わった菜園があり、ナツには名前のわからない花が色とりどりに咲き乱れる花壇があった。外縁には重たげに実をつける果樹が並んでおり、奥まった場所には、低木に埋もれるようにして、こぢんまりした温室らしき建屋がある。ピークを過ぎて花はもうだいぶ落ちてしまっているが、小さいながら立派な藤棚《ふじだな》なども。

ナツは思わず溜め息をついた。

「学校にこんな場所あったんだ」

写真部としてかなり学校敷地内を歩き回ったつもりだが、ここには全然気づかなかった。他の誰も知っている様子はなかった。噂を聞いたことさえない。

ここのことを知っている生徒は、どのくらいいるのだろう？

そもそも、どうしてこんな人目を避けるような場所にあるのだろう？　もったいない、とても綺麗なのに。

ナツはオコノギくんを振り返った。「ここって、何？」

彼はどこか誇らしげに答えた。「園芸部の実践庭園」

「園芸部……オコノギくんは、園芸部？」

「あれ、言ってなかったっけ」

聞いてないなー、とナツは笑ってみせた。

そして得心した。

「これが、オコノギくんが陸にあがった理由なんだ」

オコノギくんは「へ？」と目を丸くする。

「標さんが言ってたよ。部活動が、オコノギくんが陸にあがった理由だって」

「ああ……そういうことになるかな。うん。ホントは家でも育ててみたいんだけど、あの家の周りって、海に近すぎるせいか、潮に強い植物でないとうまく育たないからさ」

と、手前の畝《うね》のそばに屈《かが》みこむ。

この畝には等間隔に支柱が立てられており、それぞれに蔓性の植物が巻きついていた。

「俺は、陸の植物が、好きなんだ」

そう言って、軍手を外した手で葉を撫でた。

慈しむ手つきだった。

すでに水をやった後らしく、葉や茎には水滴が残っており、それが陽光を弾いて、あちこちが宝石をまぶしたように光っている。

「陸の植物を育てることは、海では絶対にできないことのひとつだ。でも俺は、どうしても植物のことを知りたくて。それと、できれば自分の手で育ててみたくて。だから陸にあがった」

目についた雑草をちょいちょいと抜いて、オコノギくんは立ちあがった。

「海にも植物はあるけど、やっぱり陸の植物は、綺麗だ。自分の力でしっかり立って、日光と水を全力で受け止めてる。なんかピカピカして見える。花とか実だけじゃなくて、種とか、芽とか、枯れてる姿も、全部すごいと思う」

植物は言葉を解するとかしないとか。

もし解しているとして、目の前でこんなふうに熱烈に語られたら、じゃあこのひとのために頑張って生長しちゃおうって気になるんじゃないだろうか。

そんなことを思ってしまうくらい、オコノギくんは真摯《しんし》だった。

「じゃあ、今、好きなことをやれてるんだね」

オコノギくんは満面の笑みで頷いた。「とても楽しい」

園芸の好きな人魚か。

ナツは改めて園芸部の庭を見わたした。目に入るどの植物も、のびのびと育ち、瑞々《みずみず》しく咲き誇っている。ナツは園芸に関してはまったく何も知らないが、丁寧に育てられていることが、よくわかる。

「写真撮っていい？」

オコノギくんの表情がぱっと明るくなる。「いいよ」

オコノギくんが担当しているという畝の植物を何枚か撮った。

モニターに再生して、オコノギくんに見てもらう。

一眼を触り始めてまだ日の浅いナツが撮った写真なんて、まったく全然大したものではない。ほとんど何も考えずに撮っているから、構図も平々凡々だし、味もクセもない。それでも彼は「おお」と感心してくれた。

「いいなあ。やっぱり俺もいいカメラ買おうかな。成長記録つけたいんだ」

撮ったばかりの画像を次から次へとモニターに表示していき、ふとオコノギくんの指が止まった。

そのときモニターに映しだされていたのは――

雨の日に激写したイリエさんの姿。

そうだ。

今日はこの話をしに来たのだ。

「……ねえ」ナツは大きく息を吸いこんだ。「水眠症っていうのは、何？」

するとオコノギくんは不敵に笑った。

「ハギヤマさんをここに案内したのは、ここが内緒話に適した場所だから。園芸部以外、誰も来ないからね。ちゃんと説明するよ。そこに座って」

と、倉庫のそばに置かれた小さな古い木のベンチを指差す。

ナツは、言われた通り、ベンチに腰掛けていた。

ナツひとりが座っただけでいっぱいいっぱい、ふたり並んで座るのは無理そうな、本当にちんまりとしたベンチだ。

「ちょっと待っててよ」と言ってどこかに消えてしまったオコノギくんが、低木をかき分けて戻ってきた。右手にブリキのバケツをさげ、左手には黄色い洗面器を抱えている。どちらにも、水が満たされていた。

「さーて、」

オコノギくんは「こっちの水」と言いながら、左手の黄色い洗面器をナツの隣に置いた。「これで顔を洗っても、ハギヤマさんは倒れないよ」

「え？」

「でも、もう一方の水。こっち」と、右手にさげたブリキのバケツを、ナツの足もとに置く。「これで顔を洗うと、ハギヤマさんは倒れる」

「？？？」

「試してみて」と、黄色い洗面器をナツのほうに押しやる。

ナツは、黄色い洗面器を、おそるおそる覗《のぞ》きこんだ。

ゆらゆら揺れている水面に、朝らしい白い陽光が踊っている。

しかしナツは躊躇《ためら》いを隠せない。「アウトだったら、私、眠っちゃうんだよ」

「眠るんじゃなくて、意識が水に溶ける」

「へ」

「でもその水ではそうはなりません。信用して」

なんだかもう引っこみがつかない。ナツは腹をくくった。黄色い洗面器に手を突っこむ。ひんやりした水。掬《すく》って、ざば。と顔にかける。

何も起こらない。

二度、三度とかけてみる。

だがやはり、何も起こらなかった。

「……ホントだ。セーフの水だ」

「ね」と、タオルを差し出すオコノギくん。「でも、こっちはダメだよ」と、ブリキのバケツをつま先で軽く蹴《け》る。

ナツは礼を言ってタオルを受け取った。「どうして？　何が違うの」

単純なことなんだよ、とオコノギくんは言う。

そして黄色い洗面器のふちをつついた。

「これは県の上水道から来た水」

ブリキのバケツをもう一度コンと蹴り、

「こっちは、井戸水なんだ」

顔に押し当てたタオルの中で、ナツは息を呑んだ。「いどみず……」

「城兼町の地下を流れて、井戸で汲《く》みあげられる水。家庭用としてはもうあまり一般的じゃないかもしれないけど、屋外作業用や工業用なんかには普通に使われてる。それと、プールにも。百パーセントってことはあまりないのかな、上水道と混ぜて半々か、それ以上には」

「……そうか」

ナツは、セーフだった水のことを、ひとつひとつ、思い返してみた。

どこから来た水なのか。

自宅の洗面所の蛇口や、お風呂のシャワー……そうだ、あれは上水道だ。ナツの家は山の中腹にあるから、昔はすべて井戸水で生活していたらしいのだが、ナツが小さい頃に水道が完備され、保健所の指導もあって、家の中で使う水はすべて上水道に切り替えた、という話を聞いたことがある。

友達の家のお風呂や、他県に住む親戚の家のお風呂も、もちろん上水道使用だろう。病院の水道も。

アウトだったのは、ナツの母校である港《みなと》中学のプール。東《ひがし》中学のプール。町民プール。それと、城兼高校の中庭のホースから出る水……

そう。たしかに井戸水を使用していてもおかしくなさそうな場所ばかりだ。

「ちなみに、城兼神社の洗顔占い、あれは井戸水百パーセントだった。ハギヤマさん、やらなくて正解だった」

「でも……どうして井戸水に顔を浸《つ》けると眠っちゃうの？　もしかして、な、なんかヤバい毒っぽい成分とか溶けてるの？　それってヤバくない？」

ナツは青褪めたが、オコノギくんは冷静にかぶりを振る。

「この町の井戸水は、大抵、飲用にしても差し支えないほど綺麗だよ」

じゃあ、どうして？

ナツが問う前に、オコノギくんは少し浮かない顔で言った。

「俺も、現象を知ってるってだけで、原因とか関係者とか、調査中なんだ。はっきりしたことはまだ言えないんだけど」

「ちょ、調査？」

予想外の単語が出てきて、ナツは面喰らった。

陸にあがったばかりの人魚が、学生の身分で、一体何を調査するというのか。

「調査って？　オコノギくんが？　ひとりで？」

「うん、そう。俺ひとりで——できるだけ他人に知られないように、こっそりやれって言われてる」と、おもむろに鼻の前に人差し指を立てる。「事情が事情だから、ハギヤマさんには言うけどね。でも、これも、ここだけの話にしてほしい」

ナツはなんとなくどぎまぎしながら頷いた。

オコノギくんには意外と秘密が多いみたいだ。

「まあ調査って言ってもそんな大袈裟なもんじゃなくて、どっちかっていうと個人的な頼まれ事ってカンジなんだけど……でも、くれぐれもって言われてるから、できる限りのことはするつもり」

「それ、誰に頼まれてるの？」

オコノギくんはけろりと答えた。「深海《しんかい》のおばさん」

「……しんかい、の？」

「俺たちはみんな深海のおばさんには頭があがらないから」

誰だろう？

親戚……かな？

ナツは内心で首をかしげた。

オコノギくんが気を取り直したように言う。「とりあえず、いま俺が言えるのは、水眠症は城兼町でしか発生しないってこと」

ナツははたと顔をあげた。「そうなの？」

うんうん頷く。「だって、水眠症の原因となるのは、城兼町の地下水だから。これに意識が溶けるわけだから。たとえ水眠症であったとしても城兼町の地下水に触れない限りは症状は出ないし」

「……うー」

ナツはこめかみを揉《も》んだ。

特別難しい話ではないはずだし、オコノギくんもわかりやすく話してくれているようなのだが、馴染《なじ》みのない話題のせいか、なかなか理解が追いつかない。

ナツは自分に一を聞いて十を知るような聡明《そうめい》さがないことをもどかしく思った。

そしてオコノギくんはやっぱり親切だった。「わかりにくい？」

「うー」

「何がわからない？」

「ええっと……」

ピンとこない点は多々あるのだが。

いま一番わからないのは――

「その……水に意識が溶ける、っていうのが、いまいちよく、わからない……」

「それは、言葉のまんまだよ。水眠症のひとは、城兼町の地下水に顔を浸すと、その水に意識が溶けてしまうんだ。この現象は城兼町の地下水限定で起こるみたいで、城兼町の地下水以外の水、たとえば上水道では、起こらない。さっきハギヤマさんが試したように」

「だから、私は、井戸水に顔を浸けると倒れる……」

「そうそう。で、これをこじらせると、意識が溶けた先である水の中でも自我を保っていられるようになる。水が自分の体みたいになる」

ナツはギクリと顔をあげた。「え？」

水が体になる？

「意識を持った水となって、水として行動することができるようになるんだ」

即座にあるひとつの例がナツの頭の中に浮かんだ。

それはとても怖い考えだった。

だって、
それって、まさか——

「イリエさん、みたいに？」

自分で言って自分で震えた。

オコノギくんは「そう」と迷いなく頷く。「だからイリエさんはハギヤマさんが水眠症だとわかったし、ハギヤマさんを仲間にしようと近づいてきたんだと思う」

仲間って……そういうことなのか。

きのうのイリエさんの姿を思い出す。

透明人間もとい、水人間イリエさん。

「イリエさんも、水眠症なの？」

「おそらく」

「水眠症だからあんな体になったの？」

「そのはず」

「じゃあ……私も、イリエさんみたいに、なるの？」

「症状が進めば」

「そんな」

考えるだに恐ろしい話だった。

あんな姿にはなりたくない。

言い知れない不安が押し寄せてきて、思わず涙目になる。

しかしオコノギくんはゆるくかぶりを振った。「でも、あの段階までは、なかなか、行こうと思っても行けないはず」

ナツは涙目のまま、オコノギくんを睨《にら》むように見上げた。「ホント？」

「意識を手放すっていうのは、やっぱ本能的に抵抗のあることだから。無意識のうちに抗《あらが》うみたいで、だから本人の心身の強さとか、そういうのが関係してくるんだと思う。つまり、個人差が大きいんだよね、どうも。それと、触れた地下水の濃度も大きく影響してくるらしく」

「濃度……」

そういえばオコノギくんは、イリエさんを前にして、こう言っていた。

――ハギヤマさんはイリエさんに触っちゃダメだ、イリエさんは濃度が高い――

「イリエさんは、濃度が高い、の？」

「めちゃくちゃ高いね。高濃度。超高濃度。一時的にせよ俺の体がおかしくなったくらいだから」

「えっ」とナツは体をすくめた。「それって、もしかして……鰭が出たこと言ってる？　あれは、イリエさんのせい？」

オコノギくんは「うん」と頷く。「俺、イリエさんを追いかけてさ」

「ああ、うん」

二日前、雨の帰り道。ナツにイリエさんの写真を撮らせたオコノギくんは、ナツに口止めをしてから、逃げたイリエさんを追いかけてしまった。

あのとき、何が起こっていたのか――

オコノギくんは腕組みをし、神妙な顔で語った。「ヒト型だけど液体なイリエさんは、実はあんまり早く動けないみたいで、俺はあっさり追いついてしまって」

「うん」

「じゃあ捕まえてみようと思って」

「え!?」

「え?」オコノギくんは小首をかしげた。「何かおかしいかな」

「おかしいというか……すごい」

「そうかな」

「うん……すごいと思う、よ」

首なしジャージの怪人をひとりで追いかけて、なおかつ捕まえようなどとは、なかなか思いつかないものではないだろうか。捕まえたところでどうしたらいいのかわからないし……たぶん持て余すし……

「——んで、まあ、俺はイリエさんに触ったんだけど」

「はあ」すごい。

「そしたら背鰭が出ちゃって」

「……いきなり？」

「いきなり」

「どうして？」

「わからない」

「それってイリエさんのせいなの？」

「そうとしか思えない」とオコノギくんはいたって真面目に頷く。「何が作用してそうなったのかはわからないんだけど、とりあえず、おかしいことになるってのは身をもって理解した」

「はあ……」

「だから、イリエさんにはあんまり触らないほうがいいね」

そりゃ、まあ。

得体の知れないもの（ひと？）だから、進んで触りたいとは思わないのだが。

「イリエさんて、ナニモノ？」

「それも現在調査中。水眠症をこじらせたひと、ってのは、間違いないんだけど。なんせ、俺も、イリエさんのことを知ったのはおとといだからさ」

そうだった。

昼休みの教室で、男子たちが話していたイリエさんの噂に興味を持ったところに、藍本さんが「イリエさんを見た」と言いだしたのを聞いて、それでオコノギくんはイリエさん捜索隊を結成したのだ。

ナツは溜め息のように言った。

「……〈水として行動する〉って、どんなカンジなのかな」

きのう目の当たりにしたイリエさんは、ジャージを着ていること以外に、人間らしさは見受けられなかった——どちらかというと、本能だけで行動する、冷たい爬虫《はちゅう》類《るい》のような印象——二足歩行してはいたが、感情や意思がこめられているような身振り手振りをすることはなかった。せめてどこかに人間らしさがあれば、口や声がないイリエさんとだって、言葉でやりとりすることはできないとしても、あるいはコミュニケーションが取れたかもしれないのに。

イリエさんには、皮膚や骨すらもなかった。

あるのは、ただ、水だけ。

あんな体で、イリエさんは一体、何を考えているんだろう？

仲間を増やそうとしたってことは、寂しさとか、感じているのかな？

心は、あるのかな？……

オコノギくんはかぶりを振る。「わからない。俺も、水になったことないから」

「そう、だよね……」

「でも、水になって動き回ってるあいだ、体のほうはガラ空きになるんで、けっこー危ないと思うよ」

「お」ナツははたと手を打った。

たしかにそうだ。意識が水に移るというのは厄介だが、しかし、そのためすなわち人間の体が失われる、ということではないはず。透明人間イリエさんとして町を騒がせる何者かも、普段は、この町のどこかで、普通の人間として暮らしているのかもしれないのだ。

そう思うと、なんだか不思議な気がした。

怖い気もした。

水眠症であるとはっきり判明しているのは今のところ自分とイリエさんだけ、という現実に、ぼんやりと不安を覚える。

「私やイリエさん以外にも、他に水眠症のひとって……いるのかな？」

オコノギくんは即座に答えた。「いる。それも調査中だけど」

「そっか……」

「調査中なことばっかでごめん」

「そんな」ナツは、ぶんぶんと力いっぱいかぶりを振った。「今でも充分、すごく助かってる。教えてもらえて、ホントによかった」

「そうかな。だったらいいんだけど――ああ、そうだ。だからさ、ハギヤマさん」

と、オコノギくんはにっこり笑った。

いつものあの笑顔。

「この町の地下水が使われてないプールなら、ハギヤマさんも泳げるよね」

え？

ナツはきょとんとオコノギくんを見上げた。

予想だにしなかったことを言われたような気がした。

「だって、そうじゃない？　水眠症を引き起こすのは、この城兼町の地下水。この世のプールのほとんどは、城兼町の地下水を使ってはいない。城兼町の地下水にさえ気をつければ、ハギヤマさんはまた泳げるよ。どこでも、いくらでも」

「……そっ、か」

「そうだよー」

オコノギくんはニコニコ笑って、
しかし、ぴたりと真顔になった。

その場にしゃがみこみ、
理解できない、と言いたげに首をかしげた。

「どうして泣くの？」

ナツは、自分でも気づかないうちに両目からぽろぽろ涙をこぼしていた。

「……えー、」

下から顔を覗きこまれるのはなんだか恥ずかしい。

ナツはさりげなくタオルで顔の下半分を覆った。

「嬉しいから、かなあ……」

実際には、そんな単純な感情ではなかったのだが。

だからといってうまく言葉で説明できる自信もない。

オコノギくんも、腑《ふ》に落ちていないようだ。

「嬉しいと笑うものなんじゃないの？」

本気で不思議そうな顔。

なんだか小さな子供が質問しているみたいだった。

だからナツもちょっとおねえさんぶって答えてみせた。

「……そうとは限らないんです。フクザツな事情があるんです」

オコノギくんは首をかしげながらも、微笑み返した。「そうか……人間が笑う理由は人間の数だけあるけど、涙を流す理由は限られているって、聞いてた。でもそれは少し違うみたいだ。涙を流す理由も人間と同じ数だけあるんだな」

ナツは「ふふ」と笑った。「そうみたい」

目元を拭《ぬぐ》いながら、ベンチから腰をあげる。

なんだか、少し体が軽くなっている気がした。

「ありがとう、オコノギくん」


「そういえば」

園芸部の秘密の庭園をあとにし、静かな体育館裏まで戻ったところで、ナツはふと思いついた。

「オコノギくんがプールに落ちたときって――」

もう涙はすっかり乾いている。

少し火照《ほて》った目元に、爽涼《そうりよう》な朝の風が気持ちよい。

道案内をするようにナツの少し前を歩いていたオコノギくんは「うん？」と振り返った。

「もしかして、オコノギくん、何かさがしてた？」

あのときオコノギくんは、プールのふちギリギリに膝をつき、水面に向かって何度もクリック音を発していた。何かをさがしているようだった。その後の救出劇のほうがインパクトが強いので、今の今まで、うっかり忘却していたが――

「あれも調査の一環だった？」

「うん――」

「何をさがしてたの？」

するとオコノギくんは「うーん」と言い淀《よど》んだ。

オコノギくん自身も、それがなんであるか、摑みかねているようだ。

「なんとなく出した音に、たまたま引っかかったんだけど……人間の視覚では捉《とら》えられず、それでいて妙な動き方をする、わりと大きな質量の水分、だったような、気が、する……」

「それって」

「そう。水眠症のひとかと思って、それで追いかけてみたんだけど……でも、気のせいだったかもしれない。プールの水に紛《まぎ》れてしまって、結局、正体を掴むことはできなかったし。そもそも、空気中のエコーって、精度にまだかなりムラがあるから。俺の聞き間違いだったかも……って、さっきから曖昧《あいまい》な話ばっかで申し訳ないんだけど」

「ううん」

「こうやってえらそうに説明してるけど、実は俺も、知ってることってそんなに多くないんだ」と、オコノギくんはそこで声のボリュームをいきなり下げた。内緒話をするかのように。「……つい最近まで調査サボってたしね」

ナツは目を丸くした。「そうなの？」

照れくさそうに頭を掻《か》く。「園芸のほうに夢中になってた」

「ああ」

なるほど。

それならしょうがない。

ナツは苦笑した。「ひとりでやらなきゃいけないっていうのも大変だね」

「……実のところ、ちょっと困ってる。どうすればいいのか」と、オコノギくんは深い溜め息を吐く。「おばさんに調査してこいって言われたものの、今までそんなことしたことないから、どう調査すればいいのかわからないし。どこから手をつければいいのかも」

オコノギくんが愚痴っぽいことを言うのは、珍しい。

弱音や本音を見せるのは、近しくなったことのあらわれのような気がする。この距離感を蔑《ないがし》ろにしたくなくて、だからナツも「ふむふむ」と真摯な態度で聞いた。

「それに、やっぱり調査より勉強とか園芸のほうを優先させてしまうから、なかなか捗《はかど》らなくて」

「まあ、そうだよねえ」

「このままだと、深海のおばさんに怒られそうだ……」

言いながら、オコノギくんはどんどん体を縮こませていった。

悪いとは思いつつもナツはちょっと笑ってしまった。

オコノギくんがあんまり情けない顔をするから。

まったく、放っておけないなあ――

「ねえ。オコノギくんさえよければ、私も協力するよ」

するとオコノギくんはパッと顔をあげた。「え？」

「この件については私も無関係じゃないし……といっても、私なんか、なんの役にも立たないかもしれないけど。でも、ひとりじゃできないってことがあったら、遠慮なく言って！　手伝う」

オコノギくんは目を輝かせる。「いいの？」

「もちろんだ！」

というわけで。

誰もいない土曜日の学校、清々《すがすが》しく晴れた六月の朝――ここに、秘密の結束がひとつ生まれたのであった。

◆

月曜日から続いた過酷なテストマラソンを乗り越え、金曜日。

すべての試験を終えた生徒たちは、解放感に歓喜しながら、しかし出来具合を心の片隅で憂いつつ、続々と帰路についた。

そんな中、一年一組萩山奈津は、さっさと帰ることはせず、顧問にお願いして鍵を借り、第一理科室へ向かった。

第一理科室には暗室があるので、ここが写真部の部室のようになっている。

暗室といっても、遮光してセーフライトを灯《とも》し、現像液やら定着液やらに浸ける――ということは、もはや滅多にない。最近はオールデジタルになってしまっているから、写真部所有のプリンタでちゃちゃっと印刷してしまうのだ。ナツなどは、現像のやり方も知らない。年配の先生に「現像しない写真部なんて写真部じゃないぞ」と皮肉を言われたこともあるのだが、なんといってもあまり熱心な活動をしている写真部ではないので、楽なほう、アリモノなほうに流れてしまうのは仕方がない。

それはそれとして、ナツはある写真を印刷した。

試験が終わったら、いの一番に印刷しようと思っていたものだ。

暗室を出て、鍵をキッチリかける。

階段を下りていたところで、見知った人物と鉢合わせた。

飯塚エリオットだ。

「あれえ、何やってるの」

「何って。世話」

「あ、そうか」

暗室のある第一理科室は三号棟の四階。エリオットの牙城《がじょう》である生物準備室は三号棟の三階だ。エリオットはほとんど毎日（試験期間中でさえ）生物準備室に行くから、ここで鉢合わせする確率は高かった。

エリオットは、ナツが手にしているＡ４クリアファイルに目を向けた。挟まれているのは、たったいま印刷したばかりの写真数枚。

「あ、これ？　へっへー、見る見る？　結構よく撮れてると思うんだよねー、って、自画自賛になっちゃうけど」

それは、あまり深く考えての発言ではなかった。まともに聞き入れられるとも思っていなかった。だって、エリオットのことだから、てっきり「見ねえよ」とか答えるものと——踏んでいたのだが。

エリオットはその不思議な色の目でナツを見据えた。「いいのか」

「え」

「なんだ。どっちだ」

「いや、うん。いいよ。どうぞ。見てください」

ナツはクリアファイルから写真を取り出した。

最初の一枚には、オコノギくんがうつっている。

といっても、メインは彼ではなく、そのそばで薬玉《くすだま》のように咲き溢《こぼ》れる紫陽花《あじさい》だ。斜め後ろからのアングルだから、顔もまともにうつっていない。オコノギくんを知っているひとがようやく気づく程度の、通行人その1なうつり具合。

土曜日に、園芸部の庭で撮った一枚だ。

我ながらよく撮れたと思ったので、アウトプットしてみた。次の講評会に提出するつもりだったから、いい写真用紙に高解像度で印刷したのだが――でも、手に取れる形にしてしまったら、なんだか、我に返った。あの静かな庭の存在を、不特定多数にひけらかして大っぴらにするのは、よくないことのような気がしたのだ。野生の生き物を自然の中で見守りたい気持ちに似ている。だからこれはお蔵入りにして、代わりに、雨の日に撮影した城兼神社を提出することに決めていた。

「ふん」エリオットは目を細めた。「……やっぱり、写真、うつるんだな」

「へ？」

「なんでもない」と素っ気なく言ってから、ちょっと意地悪そうな笑みを浮かべる。

「どうもおまえはわかってないみたいだが」

「はあ」

オコノギくんがうつった一葉を、鼻先でひらりとひらめかせる。「こいつは、かなり貴重な資料だぜ」

「そうなの？」

「ああ」

「それって……オコノギくんが、人魚だから？」

「他に何かあるか？」と、ナツに写真を突き返す。

ナツはこれをクリアファイルにもそそと戻しながら、なんとなく、やっぱりコレ講評会には出さないほうがいいみたいだなあ、と改めて思った。


飯塚エリオットと萩山奈津は、なんだかんだと言い合いながら三号棟を出た。

渡り廊下から中央棟に入ってすぐのところにあるのは、購買部だ。

その扉のガラス部分を、鼻歌交じりに拭《ふ》いているひとがいる。

生徒でもなく教師でもない、少し異質な後ろ姿。

「あ、ミワさんだ」と気づいた萩山奈津は、ごく当たり前のように声をかけた。「ミワさーん、さよーなら」

「あらァ、なっちゃん。さようなら。気をつけて帰るのよー」

と振り返った――

その顔。

「ぅわうあ！」

飯塚エリオットの本気の絶叫が廊下に響き渡った。

これには萩山奈津も仰天する。「え、なに？　なに？」

飯塚エリオットは言葉をなくして口をパクパクさせるばかり。

無理もない。

オコノギに付き合って透明人間イリエさんを捜索した雨の日、帰り道で声をかけてきた、謎のキザ男。Curiosity killed the cat. の男――

そいつが、割烹着《かっぽうぎ》に三角巾《さんかくきん》という家庭的な装いで、校内を清掃しているのだから。

萩山奈津が不思議そうに尋ねてくる。「エリオット、ミワさんがどうかした？」

ミワさん？

そう、
ミワさんだ。

飯塚エリオットはあまり購買部を利用しないので馴染みがないが、名前くらいは聞いたことがあった。

今年度から新しく配属された購買部唯一の従業員。在校生全員の顔と名前を完璧に記憶し、各人に独自のニックネームまでつけているツワモノ——

「ひッどいわねー、ひとの顔見て悲鳴あげるなんて」

当の本人は、言葉とは裏腹に気を悪くしてはいないようで、何やらニコニコ楽しそう。

「アタシはそんなに怖いひとじゃないんだから。ね？　エリィくん」

謎の男ミワは、ぱちっとウインクしてみせた。

柴村　仁　著作リスト

プシュケの涙（メディアワークス文庫）

ハイドラの告白（同）
セイジャの式日（同）
4 Girls（同）
雛鳥トートロジィ（同）
オコノギくんは人魚ですので①（同）

「我が家のお稲荷さま。」（電撃文庫）
「我が家のお稲荷さま。②」（同）
「我が家のお稲荷さま。③」（同）
「我が家のお稲荷さま。④」（同）
「我が家のお稲荷さま。⑤」（同）
「我が家のお稲荷さま。⑥」（同）
「我が家のお稲荷さま。⑦」（同）
「E.a.G.」（同）
「ぜふぁがるど」（同）
「プシュケの涙」（同）
「おーい！　キソ会長」（徳間文庫）
「めんそーれ！　キソ会長」（同）
「夜宵」（講談社ＢＯＸ）

メディアワークス文庫

オコノギくんは人魚《にんぎょ》ですので①

柴村《しばむら》 仁《じん》

発行　2012年12月25日　初版発行

発行者　塚田正晃
発行所　株式会社アスキー・メディアワークス
〒102-8584　東京都千代田区富士見1-8-19
電話03-5216-8399（編集）
発売元　株式会社角川グループパブリッシング
〒102-8177　東京都千代田区富士見2-13-3
電話03-3238-8605（営業）
装丁者　渡辺宏一（有限会社ニイナナニイゴオ）
印刷　株式会社暁印刷
製本　株式会社ビルディング・ブックセンター

Printed in Japan
ISBN978-4-04-891342-3 C0193

メディアワークス文庫 http://mwbunko.com/
アスキー・メディアワークス http://asciimw.jp/

本書に対するご意見、ご感想をお寄せください。
あて先
〒102-8584　東京都千代田区富士見1-8-19　株式会社アスキー・メディアワークス
メディアワークス文庫編集部
「柴村 仁先生」係